U0055975

想為你的深夜放一束煙火

劉同——著

「我好想和你們就這樣一直騎著自行車，天荒地老。」

大家相視一笑。

自行車是很奇怪的東西，哪怕上了年紀，

只要大家還能相互追逐，就能瞬間回到青春期。

「這大概是我人生最美的畫面了吧。」他感嘆。

「你才二十出頭，以後會見到更多更美的風景的！」她說。

後來他確實見到了很多風景，

但他還是覺得那天就是最美的。

房子首先是由色彩組成的，然後是成員，
然後是家具，然後是構造。

經過了那麼多年，
我知道了自己喜歡與怎樣的顏色同居，
知道了誰能陪我生活，知道了我依賴哪些物品，
也努力把它們帶到更大的生活空間。

房子並不是我一個人住，
那些陪了我生活多年的所有，
它們住得舒心才好。

✷

每個人都有自己的專屬玩具，

無論年紀。

如果說我的「玩具」

是各種藍牙音箱和耳機，

那我爸的「玩具」

就是一整個院子裡的中草藥。

這些中草藥很難被派上用場，

但他總會告訴我，

它們都有怎樣的作用。

只是，我的「玩具」是花錢買的，

爸爸的「玩具」是他自己親手種的。

你的「玩具」是什麼呢？

✷

如果前方有風，就迎著風。

如果天上下雨，就擁抱雨。

如果失戀了，那就哭泣。

如果開心，那就奔跑起來，讓別人看到最真實的你。

你在任何環境裡，

都能成為其中的風景。

「走，帶你去吃個好吃的。」

這句話無論何時對我來說都非常有效。

總覺得這句話裡藏著親暱，藏著溫暖，藏著熱情，藏著希望。

後來我也學會說這句話給別人聽。

每次說出來的時候，就覺得自己像個很有奔頭的大人。

✦

大海是一個巨大的夢境，

所有靠近海邊發生的事，

都是做了一場夢。

我夢見和你一起對著大海許願。

我夢見我們沉入了海底。

我夢見海天一線升了煙花，

夢見海風撫平了焦慮。

海邊的篝火映著我們的臉，

天邊泛藍，我們的夢即將清醒。

於是約定，

第二天的夜晚，

我們在夢裡繼續沉溺。

✦

剛進社會那會兒，

每每穿過繁華街區與樓房，

總會抬頭想裡面住著誰，

這些未來是否能與我有關。

後來明白自己對於世上很多事物而言，

只是過客。

既然要做過客，那就盡量做一個好的過客，

能步伐穩健，背影瀟灑，仰望的姿態也不卑不亢。

「看，那個人的背影給人感覺好灑脫。」

那就灑脫地活在你所在的城市裡。

✷

「這座城市很大，

在哪裡才能遇見你？」

「我並不在這座城市，

我在外面更大的世界裡。」

「那我應該去哪裡才能找到你？」

「你先在這座城市找到自己，

你自然會知道我在哪裡。」

✷

Preface

Midnight Fireworks and Me

深夜，煙火，還有我

二〇一二年，我出版了《誰的青春不迷茫》。

當時還有朋友笑說：「十年後，你又可以出一本《誰的中年不焦慮》了。」

十年後？時間好長。

我也只是簡單地想了想——那時的我會在做什麼？還在寫東西嗎？留在北京嗎？一切都輕鬆了嗎？還是會過得更難？

了解我的讀者大都知道。

我從大一開始寫作，一直寫到三十一歲時，讀者寥寥。

在傳媒公司工作滿七年，焦頭爛額，存款剛超過五位數，時常懊惱三十歲的人生怎麼一點有希望的跡象都沒有。

唯一的情緒出口便是寫作。

什麼都寫，也不在意他人評價（主要是也沒什麼人評價），每天寫個兩千字，就像慢跑了十公里一樣，身心舒暢。

出版《誰的青春不迷茫》時，覺得「這不過是我出版的九部作品中又一部不會被更多人看到的作品罷了」。

確實毫無預計，堅持寫作十三年後，已經對「劉同寫的東西沒什麼人看」這種說法麻木的我，居然因為《誰的青春不迷茫》被人看見了。

那本書記下了我十年來每一日的人生，細枝末節的念頭，賦予每個無聊決定背後的意義。

在我筆下，青春並非為賦新詞強說愁又頹又矯情，斑駁陸離又熱血洋溢才是它真實的樣子。

這本書也決定了我之後寫作的內核——無論寫什麼，都必須拿出人生120%的真誠。

就這樣，十年過去了。

十年中，我陸續出版了《你的孤獨，雖敗猶榮》、《向著光亮那方》、《我在未來等你》、《別做那隻迷途的候鳥》、《一個人就一個人》。

我以為自己的人生已然走上了正軌，有一份自己喜愛的工作，也依然在用文字表達自己所有的情緒。

沒想到這一切到我三十八歲時，戛然而止。

而後兩年的時間過得很難，劇本創作不停被推翻，寫出來的東西第二天再看也總是變味。

假裝樂觀無效，想要做的事情一件都沒完成。

原地打轉，自我否定，極其敏感，朋友建議去看心理醫生，我和他大吵一架。

乾脆就埋頭躲起來工作，不想見任何人。

顛倒黑夜白天，喝了比之前更多的酒，能短暫地明白自己的局限——這些年跑得太快，靠機敏反應躲過了一些子彈，也因為慣性剎不住車，整個人在地上滾得面目全非，毫無人樣。

給相同困境的作者發了訊息，想聊聊出路。

見面後，純的威士忌一杯接一杯，五臟六腑都被吐進了馬桶裡，突然就忘記了自己想要說什麼。

只是知道自己廢了，卻不知道哪裡出了問題。

在電腦前一坐就是一整夜，寫了刪，刪了寫。

見過比前幾十年更多的日出，卻再也感受不到內心的月落。

睜眼的第一件事是深呼吸一口氣，明知道沒什麼用，卻幼稚地覺得這深呼吸能讓我有足夠長的血條，去面對當日即將發生的種種神神鬼鬼，去面對所有會影響情緒的事情。

年前，一個恍惚，整個人就趴在了泥濘的地上。

我聽到了淅瀝的雨聲，還有腳踝骨頭錯位的脆響。

此後的一個月，我躺在劇組酒店的床上，右腳被包裹得嚴嚴實實，房間裡瀰漫著濃郁的中藥味，床頭放著拐杖。

我走不了也跑不動，盯著天花板，一時不知道自己身在何處。

整個人像一杯被靜置的水，一天兩天看不出渾濁為何物，三天四天開始有了分層的雛形。

一週後鼓起勇氣拿起電腦，開始重新敲下文字。

拉上窗簾的房間裡，像是每天有四十八個小時，我也在昏暗中沖洗著自己這張底片。

不掩飾瑕疵，也懶於花時間假裝得體，我在每個字裡找到自己真實的樣子。

寫出什麼很重要，但更重要的是——我需要看清一個更真實的自己。

真實的我是什麼樣子？

朋友總說：「劉同，你好像看起來就很積極，很陽光，總是笑著，怎麼打也打不死。」

說多了，我也就信了。

以至於，當我情緒真的變得糟糕起來，我的第一反應甚至是不可能，這不是我。

然而生活是日夜更替，自然是四季輪迴，沒有人能一直活在白天，永遠擁有日光。

突然就想明白了。

白天的相聚自然令人歡樂，但深夜的細語也能讓人入夢。

於是一股腦把人生中最狼狽、最尷尬、最不想面對的焦慮統統記錄下來。

一點一點看清楚困擾自己的問題究竟是什麼。

新寫的這些文字或不像以往。

不是能拿得出手的烘焙成品。

但卻是這幾年熬夜辛苦抄寫下來的配方。

寫了人生最難的這幾年，遇到了什麼問題，又是如何走出困境的。

寫了和父母交底自己的人生，他們是如何理解並認同的。

寫了這些年，從一座城市到另一座城市，在前半生中搬了十幾次家，最後終於住進了自己喜歡的房子裡，這一路做過的夢，以及夢實現的喜悅。

還有十幾年後，在機場遇見了初戀，便突然想起了那年相識的原因，也想起了失去聯繫的唏噓。

沒有丟掉的夢想，半路遺失又找回的心氣，陪伴了十幾年的寵物，一直帶著的那些物品……我並不是孤身一人走到了今天。

於是把往日的安慰換成真相，把過去落力的擁抱換成了搭肩。

走在深夜空無一人的小巷，你我都過得不堪，那就不給彼此無謂的鼓勵了，自嘲地相視一笑，就當是一起走下去的約定好了。

說真的，這兩年過得辛苦又頹喪，總自我懷疑，又硬著頭皮與外界對抗，矛盾又蕪雜。

曾想藉助外力，也幸虧及時意識到只是需要對自我有更清醒的認知。

每個人都會經歷這種深夜難熬、白日難眠的日子。

如果你也曾靠在窗邊看過遠處，猜測過黑夜的盡頭裡有什麼，或許你也看到過我。

要知道，人生不只有白天和艷陽，還有深夜與煙火。

我希望新書裡的這些文字能成為天空中綻放的煙火，在每一個你需要的深夜，映亮你的臉龐。

深夜快樂。

CONTENTS

Chapter 01

Happy or Not

你快樂嗎？

我常常會在突然停頓而產生的安靜間隙問自己一個問題。

這個問題出現在我各個年齡之中，五歲，十歲，或十八歲，或三十歲。直至今日，這個問題依然會在突然的安靜之中跳出來。

更準確來說，這個問題並不是我想問自己的問題。

不是感覺到安靜的那個我問自己的問題，雖然它發出的確實是我的聲音。

這個問題就像一個永遠在旁觀我的陌生人，當我熱烈盡情地投入各種事物的時候，它從不打擾我。

只有在我一個人站在陽台上，突然面對夕陽滿布的城市時。

在我一個人爬山，突然颳來一陣風時。

當我靠著遊輪的欄杆，一個人盯著海面的月光時。

這時，巨大的安靜就像穹頂一樣籠罩四下，整個世界鴉雀無聲，這個問題便走近了。

一個聲音突然在耳邊響起，也可能是在腦子裡或心裡響起。

但無論來自哪兒，我都能聽得很清楚，那個聲音在問：你到底在想什麼？

這個問題剛出現的時候，我聽不懂。

你到底在想什麼？

小時候的我，腦袋一片空白，我在想：這個問題究竟是什麼意思？

慢慢長大了，當這個問題再響起時，我若有所思。

我到底在想什麼？

我在想我是誰。

我在想我能走到什麼地方去。

我總覺得自己不開心，但我並不知道我為何不開心。

我覺得自己日常焦慮痛苦，卻不知道這種焦慮痛苦來源於何處。

我意識不到自己活著的積極意義，反正日子一天一天地過，又在一天天的挫折中迎接著下一日的來臨。

在我短暫的人生裡並沒有獲得過真正值得放煙火的肯定。

我的人生似乎只是別人每日拿著我與同齡人相比較。

我坐在爸爸的單車後座，看著開車的人從我們身邊經過。

為了讓我讀更好的學校，我媽在電話裡不停託人找關係。

如果社會是一幢摩天大樓，我和爸爸媽媽住在哪一層呢？

他們每天忙碌辛苦，告訴我人生唯一的出路就是認真唸書。

為了不讓他們失望，我總是假裝很認真。我高三前所有在學校讀書的時間，大概有80％的精力都花在了「假裝努力學習」上。

我很清楚自己沒有讀書的天賦，但為了不讓親近的人失望，唯有假裝努力。

假裝給他們看，哪怕失敗了，我也盡力了，不是嗎？

所以當我拿出糟糕的成績單時，他們的失望比我更甚。

我早就知道自己的結果，並不是等分數出來的那一刻。只是我無法提早告知他們。

陪著演戲，到最後一刻，我假裝是命運的捉弄，其實我手裡的劇本早就寫好了，不是嗎？

迷茫混沌之間，那個聲音常常會響起：你到底在想什麼呢？

那時我就會想：誰能來幫我呢？我能遇到一個怎樣的人呢？我能像他們一樣生活嗎？我能離開這裡，去往更遠的地方嗎？

想抖落身上五百年的積灰，想一個翻身躍到九霄雲外，想大吼一聲讓今生的睡夢驚醒，想換另一種人生施展身手。

我總覺得另一個世界裡的我，應該會比這個世界的我厲害很多吧——也只能這麼想，才能堅持一個人走更長的路程。

另一個世界的我會更得體一些，朋友會更多一些，說話更篤定一些，做事更讓人信任一些。這樣的我肯定會在某個時間回來救我吧。

現實殘酷，美夢無法持續。

我只能告訴自己——既然我知道那個世界的人也是我，那這個世界的我應該也能努力成為那樣的人。

我想我得把自己的人生過得有意義了，不能再配合所有人的期待演戲，日復一日等待天明了。

再這麼下去，人生就醒不來了。

對，活著。

我要做的事應該是真正地活著。

活著。不僅是沒有死去，而是能像有些人一樣為擁有生命而感到慶幸。不僅是還有一口呼吸，而是我很想去感謝每一口新鮮的空氣。

稍微比此刻熱烈，比此刻積極，也稍微比以往矯情，比別人更在意自己的感受。

哪怕回答別人提問的時候聲音能更響亮一些，如果能被更多人記住，讓別人提到自己的名字時會洋溢出一些喜悅，那就更好了。

突然就想起，就像聽到一首能放下手頭一切事情的歌，看到一篇想要找尋作者的文章，讀到一句想要抄寫下來的詩，喜歡上一個想了解其所有過往的人，迷上並決定去學習某種愛好，內心就像平靜的湖面被投入了一塊石子，動盪不已。

雖然一時看不清到底是我們喜歡的東西過於有魅力，還是我們本身就具備成為他們的能力，但等到水波不興，萬籟寂靜，你趁著月色再去看倒影，那便是你的真實內心。

別懷疑，別再小心翼翼，一旦時間久了，你便誤以為自己配不上這種熱情。

還在簽名檔大方寫著「一介凡人，甘於躺平」。

躺平並不顯得得體，尤其是你從未向自己，或向世界展示過一丁點的盡力。

哪怕是我今天寫下這篇文字，我都在思考，這些年我到底改變了多少。

從大學畢業到今天，過去的十八年，卻只像生命裡被偷走了一瞬間。

時間真的過去了那麼久嗎？我真的知道自己要做什麼了嗎？

照著鏡子，我看自己，臉上褪去了青澀，多了老成。眼裡還有光，只是兩鬢也冒出了幾根滄桑。並沒有被擊垮的疲態。

我慶幸自己在與時間的對抗中，暫時禁住了消耗。

這世間，真正禁不起消耗的，恐怕只能是時間本身。

如果要說這些年我明白了什麼，我明白了沒有人能找到這個世界上真正的正確答案。但在尋找正確答案的過程裡，我不停地在見識這個世界不為人知的各種面目。

我交往了一些朋友，付出了真心卻被傷害，覺得友情是最不可靠的東西。但現在的我卻不這麼認為了，友情可靠與否無關緊要，而是人活在這個世界上為什麼要靠友情？

我談過一些戀愛，總覺得自己找不到真正愛的那個，也不配成為別人最愛的那個，只好覺得愛情是奢侈的東西，總有些人是不配的，比如我。

時過境遷，一回頭，發現當初覺得一定不合適的，好像也沒那麼鋒利了；覺得沒有話題就走不下去的，再聊起來，發現不用聊兩個人就這麼待著也蠻好。那就處著試試看吧，然後也就走下來了。不是愛情奢侈，而是我曾經看待愛情的角度偏執。

我怕自己無法成為能把握機會的人，於是進入社會的早幾年，做過好些能把握住機會的事。快速認識一些人，快速做了好多事，快速得到了一些利益，大家覺得我真是一個很會把握機會的人。後來，我在不同的機會中疲於奔命，我發現我得到的東西不是靠自己一直的堅守與創造獲得的，而是靠別人的給予和自己的掠奪得到的。我覺得不舒服，也不安。

我終於明白，我並不想成為時刻把握機會的人，我只希望機會來的時候，它能看到我是所有做好準備的人裡最不疾不徐、最踏實的那個。

畢竟，時代早就變了，以前比的更多的是機會和運氣，現在比的只有實力了。

站在時代的火山口，熱浪拂面，隨時都有被吞噬的危險。

可也因為站在這兒，沒有退到安全距離之後，才知道自己看到的是什麼。

我是靠著自己的努力走到這兒的嗎？

我突然意識到，我是被「你到底在想什麼」這個問題帶到這兒的。

這些年，我因為這個問題而去嘗試找到真正的答案。

後來才發現這個問題背後藏著很多其他的問題。

你在想什麼？你人生每個階段想的事情是一致的嗎？為什麼會突然改變興趣呢？

你能做到你想的事情嗎？你想過你能做到什麼事情嗎？你的想法會損傷別人的利益嗎？

你的想法合理嗎？別人對你的看法有什麼建議嗎？

如果別人看不起你的想法，你還會堅持嗎？給自己多久去堅持呢？有設置什麼期限嗎？

你敢為你的想法付出什麼代價呢？如果沒有破你的底線，是不是無論怎麼辛苦都可以呢？

這些問題從我進入大學之後一直伴隨著我。

從郴州到長沙到北京。

從十八到二十八到四十。

從不諳世事到依然放肆。

從自己都不喜歡自己的少年到慢慢獲得很多人信任的大人。

從覺得自己會孤獨一生，到遇見了可以一直走下去的人。

這些問題的答案如人生的指路標，一直指引著我往某個方向走著，未來是否會走到終點，我不得而知，但我知道我能循著這些路標回到起點。

此刻寫下這些文字的我，正窩在劇組賓館十幾平方公尺的小房間裡。

我正做著自己喜歡的事，和相信自己的一大群人剛跨過除夕。

明天我們還將在各自的工作崗位上繼續奮鬥。

就覺得一切真好。

十七歲的我覺得現在的我應該比那時的他更得體一些，朋友會更多一些，說話更篤定一些，做事更讓人信任一些。

確實如此，我做到了，但是這些並不是最重要的。

最重要的是——現在的我和那時的我想著的還是一樣的問題，依然在尋找著更準確的答案。

這些問題讓我很愉快，比那時的他要愉快很多。

所以我也想問問此刻正在看這篇文章的你：

你在想什麼呢？

你每個階段想的事情是一致的嗎？
如果改變了，是為什麼會突然改變興趣的呢？
如果沒改變，那你是否變得更自信了呢？
你能做到你想的事情嗎？
你想過你能做到什麼事情嗎？
你的想法會損傷別人的利益嗎？
你的想法合理嗎？
別人對你的看法有什麼建議嗎？
如果別人看不起你的想法，你還會堅持嗎？
給自己多久去堅持呢？
有設置什麼期限嗎？
你敢為你的想法付出什麼代價呢？
如果沒有破你的底線，是不是無論如何辛苦都可以呢？
你快樂嗎？

Chapter 02

Who am I

我是誰？

我想每個人都曾問過自己這個問題吧。

「我是誰？」

因為不清楚這個答案，所以常會去問朋友：「你覺得我是個怎麼樣的人？」企圖通過別人的眼睛和嘴來拼湊出完整的自己。

只是可惜，我們的行為常常被人誤解，又或者是我們的行為與我們所思所想並不一致，自然會被人誤解。

「我是誰」這個問題一直困擾著我。

我只有清楚地知道自己是誰，我才知道自己在什麼樣的場合會說什麼樣的話，遇見什麼樣的人會有什麼樣的反應，我需要了解自己的脆弱，才能把自己更好地保護起來。也需要知道自己的優勢與愛好，才能讓自己在人生的道路上走得不那麼難堪。

要了解自己是一個漫長的過程，但定會隨著自己的嘗試而有新的發現。

在多次當眾發言之後，我才知道自己是一個會因為過度緊張而腸痙攣的人。無論參加多少次活動，只要當眾發言，我的身體總是會隱約作痛，而我能做的就是盡量放輕鬆，忘記當眾說話這件事。

我是一個撒謊臉就會立刻紅起來的人，還伴隨著說話結巴。

我喜歡聞柴油發動機排出的廢氣味道，我喜歡聞家具刨花的木材味道。

我喝完黑咖啡很容易激動，我喝完奶茶肚子會不舒服一下午。

我寫東西時必須要聽音樂。

我看外國文學，永遠記不住主人公的名字。

我碰到喜歡的人，臉部表情會不自覺變得嚴肅。越是喜歡越是嚴肅，讓人以為我討厭對方。

我見新朋友之前都需要喝上一杯酒，那時的我會比不喝酒的我有趣很多。

我喜歡黃色的燈光，白色冷光讓我渾身不自在。

坐任何交通工具我都喜歡右邊靠窗，從出站口出來我都會小跑一陣，狼狽一小會兒，但會節約很多人擠人排隊的時間，心情就很好。

我的耳朵裡一直塞著耳機，讓我很有安全感——別人不會來跟我說話。

在ＫＴＶ唱Rap的我會比唱情歌的我顯得更自信。

我喜歡墨綠色和天藍色勝於別的顏色。

我手機裡的應用軟體不按功能分布，而是按顏色分布，我更容易找到它們。

我的衣櫃也是按顏色來分類的。

我喜歡吃「真功夫」的辣骨飯套餐，外加蒸蛋和外婆菜，外出簽書會的日子我連吃過一整週。

比起管理工作，我更喜歡和大家一起創作內容。

簽書會上，比起簽名，我更喜歡和大家面對面聊上一兩個小時。

我討厭身上帶著負能量和戾氣的人，會第一時間迴避。

也討厭交際花一樣的人，覺得自己只是對方的獵物而已，一點都不帶著真心。

一口氣寫了這麼多，這些都是我在經年累月的嘗試裡，慢慢得出了「原來我是這樣的人」的結論。因為如此，所以我會在未來的日子裡，根據這些去照顧自己的情緒，調整工作與生活內容，讓自己過得更輕鬆一些。

以上都是一些淺顯的表象，而真正深層次的自我則需要在一段長時間的堅持裡才能得出結論。

不知道是我性格的原因（容易情緒激動），還是穿著打扮的原因（二十來歲的時候總是穿得花花綠綠，脖子上來回掛著各種耳機），我常被人覺得很浮躁。以至於有時寫自我評定，被人問到自己的缺點是什麼，我想都不想就會說「可能還蠻浮躁的」。我到底哪裡浮躁呢？其實我是不太清楚的。

但似乎因為大家都這麼說了，我覺得可能我就是那樣一個人吧。

直到讀了大學之後，我的輔導員和別人談到我時，會說：「劉同這小夥子還成，你別看他一副吊兒郎當的樣子，但能在一張桌子上坐一下午寫東西。」

後來參加工作了，我的製片人第一次和台領導因為我而爭吵時，他也說：「我覺得劉同就是可以的，他能一整個月坐在他的出租屋裡寫一本小說，姑且不論寫得好不好，光是能坐得住這件事，咱們就應該再給他一次機會。」

這兩件事給了我很大的鼓勵，其實我並不浮躁，對吧？

我是能把事情堅持下去，並且做完的，對吧？

三十六歲那年，我突然想寫一個長篇小說，並把它拍攝成電視劇，這是一個極其複雜又漫長的過程，從一開始公司並不同意，到慢慢看著我真的願意坐在辦公室從白天寫到深夜，整個辦公區只有我劈里啪啦敲擊鍵盤的聲音，公司的態度似乎也慢慢轉變了。

在寫《我在未來等你》時，寫了兩個多月後才發現一個邏輯漏洞，如果要改的話，要從頭推翻很多東西，全盤再改又需要一個月。而那時所有人都在等我，我需要寫完小說，出版，同時改編成劇本，再建組拍攝，再剪輯製作，再報批審核。一件需要做兩年的事，就這麼在我這兒卡住了。

我問自己：萬一我寫不出來呢？就算我寫出來，萬一改編的劇本不過關呢？萬一電視劇拍不成呢？萬一無法播出呢？任何一個環節出問題，這件事情就完蛋了。

我就停在那兒發呆，一直問自己，是繼續敲鍵盤呢？還是直接認慫算了？直接接受公司安排的一個項目，不必原地挖井。

想著想著，就覺得自己好慘，才華配不上野心，成長跟不上發展。

如果直接選擇放棄，這輩子可能就再也不會鼓起勇氣來做一件這樣的事。

我三十六歲了，心氣勢必隨著年紀漸長而減弱，年輕時失敗總比老了失敗更容易爬起來。

所以，盡快盡早失敗才是正經事。

這樣想著，我的手又劈里啪啦地敲起鍵盤來。

我不能自己放棄，但我可以接受被人覺得不行而淘汰。

我心裡默默念著這句話，眼淚就莫名其妙地流了一臉。

明明沒有觀眾，為啥我一個人也能把戲演得那麼起勁呢？

啊，可能是演給自己看的，感動了自己，才能重燃鬥志繼續走下去。

從二〇一七年九月敲擊第一個字開始，到二〇一九年九月電視劇上線播出。

兩年的時間，我終於把自己想做的那件事，一點一點地完成了。

兩年間，公司也沒咋催促，就讓我自己一個人吭哧吭哧地弄著。全部結束後的某一天，同事跟我說：「頭兒今天說你真是能扛，一個人『噠噠噠』敲鍵盤敲了兩年，就把一件複雜的事情一個一個字給敲完了。」

這大概是我聽到的最令我喜悅的評價。

於是，我又在我三十九歲的時候得出了一個結論——我還真是一個死扛到底的人。

以前對自己的評價和了解更多的是碎片化的拼接。熱情也好，衝動也罷，但經過一長段時間的嘗試後，我對自己得出了更具體的結論——在我的工作上，只要我願意花時間，不著急，我就一定能做出一些事情。

當我明白這一點之後，對於工作我似乎沒有那麼害怕了。以前我總是被安排去做某一個工種，要配合其他人，心裡沒底。現在心裡有數了，也能很明確地告訴同事們，我們要做什麼，要怎麼做，大家一起努力就好。

所以現在的我，正帶著同事一起寫兩個電影劇本。算一算時間，寫這篇文章的時候，我又已經花了快兩年的時間，不過我不再著急了，我知道每一天這麼工作下去，自然而然會有一個結果的。

Chapter 03

Songs for Me

為了心安，計程車把我放在了大橋的正中央

因為工作原因，平均每隔兩年我就要住幾個月的劇組酒店。說是酒店，其實條件更像是招待所。常年待在劇組的人，早練就了一身本事——論如何把招待所裝修成自己的房間。說是裝修有點誇張，說白了就是替換部分物品，讓自己的劇組生活變得更有幸福感一點。

第一次跟著劇組住賓館時，有同事把賓館的床單被套枕頭都換成自己的，我還覺得誇張。

直到我躺在床上，用被子蒙著頭，總覺得被子有些許異味，立馬又想到這床被子應該接待過不少客人，心裡便毛毛的。

一兩天忍忍就過去了，但我要在劇組待兩三個月，這期間每天都要想一遍這件事，實在是痛苦不堪。

學乖了，學乖了。現在我住劇組酒店，第一件事就是把所有的床上用品都換成自己的，連被子也是新買的。看起來沒什麼必要，但平攤下來，每天十幾塊，就能讓自己再也不會產生「我到底蓋了誰蓋過的被子」這種念頭。

安心，絕對是一個人過得舒服的重要標誌。

經過好幾次的劇組生活，我突然從一個毫無生活自理能力的人，變成了一個非常會照顧自己的人。

很多朋友聽說我住在劇組酒店，查了一下網上的圖片，紛紛對我表示同情。我對他們說大可不必，你們才不知道我在劇組住得有多舒服。

入住劇組酒店的第一件事，我會讓服務員把所有一次性的用品全部撤走，包括毛巾浴巾、吹風機、洗漱杯等等。撤走就意味著，我的這些東西不需要每天更換，不僅環保，更重要的是它們不會時刻提醒我住在酒店。

接著我把房間裡所有的白色燈泡換成黃色燈泡，就有了歸屬感。

我還有個習慣，無論去哪裡出差，我都會帶著一個自己喜歡的藍牙音箱。

雖然有些不錯的酒店也會貼心地提供音箱，但不知道是不是心理作用，我總覺得酒店的音箱被太多人用過，它發出的聲音並非只針對我一人。加上不同酒店提供的音箱不盡相同，音色也參差不齊，高低音的配比適應起來也需要時間。所以隨身帶一個自己的音箱，太令人愉悅。

早起、工作、睡前，音樂響起的瞬間，整個房間就像被一個結界給包圍了，誰也無法打擾我，我只管在音樂裡做自己喜歡的事，十分有安全感。

一個可以喝茶的大搪瓷杯，一大罐最喜歡的白桃烏龍茶葉，一個自己的簡易熱水壺。每天洗完澡沖上一大杯熱茶，聞著白桃烏龍的香氣，坐在桌前開始寫作，這簡直是人生最美好的時刻。

浴巾和毛巾也換了自己常用的，非常厚，非常吸水，用完就寄回去，也不浪費。

一罐薄荷味的香薰蠟燭，每次從劇組回到房間就是這種味道，瞬間就能脫離周遭的一切。

這次拍攝正值冬季，我買了一個小米的快速加熱器，兩百九十九塊錢，卻能給一個小房間提供足夠的溫暖，還能用來烘乾手洗的貼身衣物。

房間的空調就不用再開了，空調的噪聲大，吹出來的熱風也讓人渾身不自在。

最後整個瑜伽墊和無繩計數跳繩，每天的有氧訓練和肌群訓練也有了保障。

無論在何種環境下，這樣的改變都能讓我覺得安心。

想起大學瘋狂寫東西的時期，因為宿舍晚上斷電，點蠟燭寫點什麼也會影響到其他同學，於是我就縮衣節食地找了一間小民房，住了進去。

那是一間幾平方公尺的出租屋，一張單人床、一張書桌、一張椅子，門背後掛兩件衣服，其餘的東西全部塞在床底，便只剩一個轉身的空間了。

現在想起來，那並不是一個會讓人覺得舒適的居住環境，但為了讓自己安心，我便去批發市場扯了十幾公尺自己喜歡的布，讓店家幫我做了一整套的床單、被套和枕套，以及桌布和窗簾，一個小房間的色彩立刻被統一起來。桌上再放半截綠色的雪碧塑料瓶，用來當花瓶，每週按時插一束雛菊在裡面。哪怕沒錢吃飯了也會買，覺得那是除了我之外，這個房間唯一的生機。

拉上窗簾，一個小世界便從現實中遁去。

低頭彎腰的我，在二手市場淘來的筆記型電腦上不停敲擊，一個字一個字，試圖去建造幾級能讓自己看見這個世界的階梯。

一個有線音箱，一個CD機，跟了我好幾年。

喜歡的CD靠著牆一張一張擺著。

放空隨意的時候，我便放無印良品的專輯。

夜深人靜的時候，我聽江美琪。

孫燕姿和梁靜茹與大晴天格外合襯。

許茹芸和熊天平聽著聽著，就能寫出很長很長的東西。

睡前放錦繡二重唱的所有專輯，聽著聽著莫名就覺得自己很幸福，安心入夢。

走路時聽蔡健雅，乘公車時聽蔡依林，或想自己或猜別人，在每個歌手的音樂裡都藏著自己不為人知的秘密。

還有好多出了一張專輯就消失的歌手，聽的時候並不知道那張專輯、那首歌曲就是我和他們唯一的交集。之後想再繼續等待他們新的作品時，卻再也等不到了。

如果不是因為寫下這篇文字，我是斷然不會去翻閱以前收集的卡帶和CD的。查閱後才發現原來當時陪伴我的那麼多好聽的歌曲，也只是停留在那時了。

吳名慧的《心情電梯》，初次聽到時，大為驚艷，很多人覺得她在刻意模仿某種風格，但我覺得她如果繼續下去，一定會出頭的。後來，她並沒有繼續。

盧春如的《熄燈》、《我不是她》，多少次重複，橘紅封面的卡帶，我在包裡揣了許久。

郭嘉璐的《帶我去飛呀》，真是有趣啊。她第一次來湖南開歌友會，我聽說朋友是導演，就主動請纓寫歌友會臺本換來近距離聽歌的機會。

山風點伙的《無法忘記》，中堅分子的《愛人好累》，兩個女生的《兩人三角》，又上耳又癡情，只可惜這種兩個人的結伴似乎都沒能很久地同行。

林凡的《一個人生活》雖然好聽，但《再見西雅圖》讓我許了一個一定要去西雅圖看看的夢想。

阮丹青的《有染》，堂娜的《解藥》，劉沁的《影子》，陳冠蒨的《留一點愛》，何嘉文的《loving U》，劉虹嬅的《清晨五點》，何欣穗的《分心》，曾寶儀的

《凍心》……各有各的性格，各有各的有趣。那時大家寫歌唱歌似乎都沒有用尺子，全是白紙潑墨，恣意又灑脫，哪怕過了二十年，也絲毫不覺得老氣。

雜房的箱子裡還有很多專輯。夢飛船，星盒子，本多RuRu，洪愛莉，黃湘怡，許哲珮，吳恩琪，增山裕紀，張棟樑，Tension，丁文琪，丁小芹，芮恩，張智成，no name，大嘴巴，南拳媽媽，劉允樂……

除了少數幾個名字現在還在唱著歌，絕大多數歌手早已不知所終。

一張一張仔細回憶，這些專輯就像是硬盤，儲存了那些年所有的往事。

以前有人說：真可惜，那時沒怎麼記錄，我都忘記了成長中的好多事。

我就很慶幸，只要聽到過去的任何歌曲，我就能想起聽那首歌曲的時期，我發生了哪些事，又是怎麼樣的心情。

我把所有的回憶都刻在了各種專輯裡。

林曉培唱《她的眼淚》，慵懶沙啞的聲線裡，我一個人度過了十九歲的生日。

那天的我裹著圍巾，穿得嚴實，想約一個自己喜歡的人陪我過生日被拒。回學校的公車上，林曉培又在唱著《煩》——煩吶煩吶煩得不能呼吸，煩吶煩吶煩得沒有力氣，煩吶，我煩吶。

聽著聽著，我突然笑起來，覺得自己好慘，連CD都在嘲笑我。

車上的人看著我。

我轉過身，面對車窗，心想這兆頭不太好，大概我的十九歲會一直很煩吧。

那天學校下著小雨，班上的調皮孩子受了批評跑了出去，我也急忙跑出去找他。直奔學校後山的偏僻處，找了快一個小時，人影都沒看到，雨越下越大，全身都淋濕了。

黃湘怡的《畢業旅行》儲存著我二十二歲當高中實習老師的記憶。

耳機裡一直重複著這首歌，我站在山坡上，不知該退後還是前進，茫然中收到了同學的訊息，說孩子已經找到了，讓我回去。

張智成的《重返寂寞》是我加班到凌晨三點的背景音樂。

從湖南廣電大樓出來，空無一人，離首班公車還有三個小時，身上只有二十塊錢，打車回家也不夠。思考了半天，上了廣電門口的一輛空出租。

司機問我去哪裡，我不敢說目的地，就說往河西師大的方向開，然後死死盯著里程表，還差兩百公尺就要超過二十塊錢的時候立刻喊停，也不管當時自己是不是正在橋上，在司機疑惑的目光裡下了車，剩下的路靠自己走回去。

吹著夏天潮濕的夜風，我一會兒覺得自己好聰明，一會兒覺得自己好慘，也不曉得未來會不會一直這麼慘？

不會的不會的，我告訴自己晚上加班真的學到了好多，明天應該會比同齡人稍微厲害那麼一點點，但厲害那麼一點點可能也不夠，還要更厲害一點才可以。

張智成在歌曲的末尾唱「從今後就選擇沉默，選擇服從歲月如梭，選擇服從孤獨寂寞」。

我想我可不能選擇沉默，更不能選擇服從歲月如梭、孤獨寂寞。

不然，我也不會用僅有的二十塊錢攔一輛計程車，剩下的路自己走回去。

我可真棒啊。

我在喜歡的人面前播放了黃中原的《遙遠》，對方問這是誰，歌真好聽。

我說對啊，除了這首，他還有幾首歌都很好聽。

那晚，我們就躺在床上，我放了好多好多我喜歡的歌曲。

我喜歡的人喜歡我放的歌曲，聽著聽著，突然說：「要不，以後你一直給我放好聽的歌吧，我也省事了。」

好啊！沒問題！

雖然黃中原撕心裂肺地唱著「遙遠行星，遙遠了你，我走得太遠回不去」，可我在這樣的悲愴中找到了自己可以圍繞的行星，不遠不近的距離，躺在一起聽著好聽的歌曲。

雖然，最後的結果不盡如人意。但我真的為自己喜歡的人放了很多很好聽的歌曲，至今也沉溺於做這種事情。

這些年我沒有變，我依然會用身邊的一切來照顧自己的情緒。無論是將情緒寄託在某些物品上，還是反覆去聽一首熟悉的歌曲。將一隻手伸出去，交給最信任的任何一種事物，任它把我帶去雲霄十萬里。因為真的給我帶來過安心，所以我也會將自己喜歡的歌曲通過文字分享給讀者。有時深夜，我在音樂軟體上聽到一首曾經很喜歡的歌曲，打開評論準備留言時，我能發現很多讀者早已在上面評論了——我是因為同哥的書來的，這首歌真好聽啊。看著見證我青春的歌曲，也潛入了讀者們的深夜，我很滿足。

聽《重返寂寞》那個加班的凌晨。

我在大橋上下了車，自己給自己打氣，邁開步子朝租的房子走去。那輛載我的計程車經過我身邊又停了下來，司機搖下車窗，用湖南普通話超大聲地說：「喂，你是不是沒錢了咯！」

我一愣，看了一眼橋下的湘江，尷尬得好想從橋上跳下去啊。

但是我笑起來：「是的！我怕超過了二十塊，沒錢給你！」

司機師傅：「你住師大裡面是吧？上車吧，我送你！不要錢。」

我想了想，上了車，不想辜負人家的好意，連聲感謝。

司機師傅一邊嚼著檳榔一邊說：「我兒子和你差不多大，在上海實習，希望他不會蠢到在大橋上下車走回家。」

過了一會兒，他又自言自語：「但我又覺得我兒子應該像你一樣，尷尬也要尷尬得坦蕩一點。」

Chapter 04

Be My Dog

下輩子你做我的狗吧

網購了一些書，拆了放在客廳的茶几上，早晨去上班時隨手翻閱了一下，打算先看《山茶文具店》。

晚上回家時，突然想起這件事，泡了一杯茶，直接拿起了最上面的一本，走到書房。坐下來突然發現，自己手裡的不是《山茶文具店》，而是莫言的《生死疲勞》。愣了一下，我分明記得，出門前我翻了幾頁《山茶文具店》，確定了晚上要看這一本，才放在一堆書最上面的位置。

我又回到客廳，《山茶文具店》一動不動地躺在最上面，《生死疲勞》剛剛放在它的上面。

雖然最近睡眠質量一般，但並沒有糟糕到會失憶的地步，我甚至能記得我早上的心情、動作，以及最後一瞥的那個畫面。

我給打掃衛生的阿姨發了個訊息，問她今天來家裡打掃了沒。

她說沒有，不是週二和週五打掃嗎？今天是週三啊。

我說抱歉，我記錯了。

於是我就坐在茶几前的沙發上，思考起這件事情來，到底哪裡出了問題。

劉同坐在客廳沙發上盯著茶几上的那一疊書時，我和二白正一左一右躺在他的身邊。

我應該正式介紹一下自己，我叫劉同喜，是劉同養的一隻黑色泰迪，今年已經十二歲了。

而二白是在我八歲的時候，劉同怕我太寂寞，領養回來的另一條棕色泰迪。

不過劉同劉同的，這麼叫不太尊重，我應該喊他爸爸才對，起碼我知道他跟他的朋友和讀者介紹我和二白的時候，一直說的都是兒子。

我爸先是正經坐著，然後整個人蜷縮在一起，嘴裡一直在吸氣，發出「滋滋滋」的聲音。看起來，他非常疑惑眼前的一切，甚至跟他的朋友Will打了個電話，說起這件事。

Will叔叔一聽就是喝多了，他的回答簡潔乾脆：「你別每天忙工作了，神經兮兮的，不如現在出來跟我喝一杯放鬆一下啊。」

我笑起來，二白伸了一個懶腰，用餘光瞟了我一眼，哼唧了一句：「你會把爸爸搞瘋掉的。」

我說：「不會的，他馬上就會覺得是自己的記憶出了問題。」

當然我和二白的對話我爸是聽不懂的，他只能聽到我和二白相互哼唧，他便一左一右兩隻手開始幫我和二白撓癢癢。

本來我趴著，我爸一撓我，我就肚皮朝上，讓他撓個夠。

果然他笑起來，把注意力全部投入到我的身上了。

「同喜，你都十二歲了，怎麼還喜歡撒嬌耍賴？」

哼哼，我不僅會撒嬌耍賴，我還會把《生死疲勞》從一摞書的最底下抽出來，換成第一本。要問我為什麼這麼做，因為白天我在家沒事的時候，把這些書都翻了一遍，莫言的《生死疲勞》寫得真好，一個人的六道輪迴，變驢變牛變豬變狗。每次轉生都通人性，都能和主人有心靈交流與默契。我就很希望我爸看了這本書之後，能意識到我也是這樣的一條狗，我也有和他交流的慾望。

我弟二白不明白我的做法，他才四歲，覺得每天能吃能睡能曬太陽就很開心了，好不容易成了一條狗，攤上一個舒適的家，享受才是最重要的。他說自己上輩子實在是太辛苦了。

我問他上輩子是幹啥的，他想了半天，說自己記不得了。

也難怪，莫言在書裡寫了，投胎之前都要喝一碗孟婆湯。

「那你呢？是幹什麼的？」二白問我。

其實我也忘記了，但這並不妨礙我想和我爸有更多的交流。

《生死疲勞》寫得真好，邊讀邊感慨，尤其是西門金龍喪心病狂地把西門牛的鼻環扯斷那一段。我低頭看看同喜和二白，他倆正趴在我的腳下，修身養性。

我放下書，把他倆抱在懷裡，使了一點勁兒。

他倆回頭看我，眼神裡透露出「你又發什麼神經」的訊息。

我把二白先放到地上，他就蹦躂著去找他的玩具了。

我雙手舉著同喜，和他對視，他也看著我。

眼神從小到大都沒有變過，還是清清澈澈，沒有一點頹唐的氣息。

他十二歲了，超過八歲的狗就算老狗了，每次想到他的年紀，我心裡都會突然空那麼一下。雖然我知道他精神很好，身體很好，但還是會忍不住想，如果，萬一，哪一天他走了，我到底是什麼樣的心情呢？

會哭嗎？應該會吧。

繼而又想：還有什麼方法可以讓他陪在我身邊更久一點呢？

他年紀大了，也沒有辦法再生育了，我也無法把對他的思念放在他的後代身上。

以前看過美國的一個婚姻調解節目，一對夫妻爭吵的矛盾點是老公把死去的寵物犬做成了標本放在家裡，就跟沒有死一樣。

老婆因此要離婚。當時看的一群朋友紛紛表示不能理解老公的做法，只有我心裡默默地想，如果有一天同喜走了，我也會這麼想吧……當然也只是一個閃念，畢竟，我根本不願意去思考這件事。

我出生在北京郊區的狗場，和十幾隻小狗擠在一個小棚子裡。

只要有顧客來選狗了，狗場老闆就會把我們都從棚子裡趕出來，看誰能被選上。

從人的角度來看，我們一群兩個多月的狗崽擠在一起，跌跌撞撞，沒有方向。

其實按莫言的說法，每隻狗都是做過人的，我們當然很清楚在什麼時間做什麼事，正確最重要。

大部分的狗對自己的未來不抱期望，他們覺得來狗場選狗的人，生活都拮据，對狗也沒什麼要求。條件好的主人都在城市裡的寵物店進行選擇。

一旦人對某個事物沒什麼要求的時候，就說明這個人也不會對這個事物負責。

裝病、裝瘸、裝視力不好、裝弱智，都是我們的拿手好戲。

但如果能被寵物店的老闆挑到寵物店去，我們的命運就會好很多。

二〇一〇年初秋的夜晚十點多。

我們都圍在媽媽身邊，好不容易無視蚊蟲的叮咬，緩緩入睡。

突然來了客人。

「老闆，我想要一隻西高地白㹴。」

哦，只是要一條西高地，肯定不是寵物店老闆了，和我們泰迪沒什麼關係，我們繼續睡。

「沒了，只有泰迪了。」

「昨天打電話的時候，你不是說有嗎？還讓我儘管來。」

「你來晚了，一個小時之前，最後一隻剛被買走。」

我笑了，這個狗場從來就沒有什麼西高地白㹴，全是泰迪。

反正老闆只要把人騙到這個郊區狗場來，99%的人都不捨得白跑一趟。

兩個人的爭吵聲越來越大。

老闆說：「你也別白跑一趟，看看我家泰迪吧，萬一有合眼緣的呢？我給你便宜一點。」

對方沉默了一會兒，估計點了點頭，突然棚子的門就被打開了，狗老闆又把棚子裡的我們全都趕了出去。

大家都昏昏沉沉，走路歪七扭八的，只有我一個勁地往前衝。

我倒要看看是誰那麼傻，居然被狗場老闆那麼明顯的謊話給騙了。

然後我就看到我爸了，穿了一件黑色皮衣，正盯著我們一大群狗看，臉上依然是很失望的表情。看得出來，他對我們這種狗完全不感興趣。

他不挑泰迪我也能理解，四處折騰，天天發情，心理不強大的主人還真沒法把泰迪給帶出去。

我率先跑到他的腳邊，他穿了一雙白色的鞋，我一身髒兮兮的，就往上蹭。

老闆伸出腳想把我踢開，他制止了，任我把他的白鞋蹭髒。

他突然蹲了下來摸了摸我。

「好醜啊。」他扭過頭對一起來的朋友說。

老闆毫不死心：「別看現在醜，是因為還沒長開，等毛一換，絕對精神。」

和他一起來的朋友是Will叔叔。

Will叔叔說：「要不算了，養狗是一輩子的事，既然你想好了要養西高地，回頭養了泰迪後悔就糟糕了。」

「也是。」他站起來，決定回去。

老闆跟在後面勸他：「剛剛這個小狗蠻精神的，我平常都賣一千兩百，今晚你要就八百吧，八百你立刻拿走。」

就算是八百塊錢，他和朋友也沒有停下來。

車輛啟動，那輛白色的小車瞬間就消失在了狗場外。

能開一輛小破車，還出不起八百塊錢？

其實我也知道不是錢的事，而是承諾的事，我還不到他可以為我做承諾的程度吧。

那憑什麼西高地白㹴就可以！

哎，說白了，我其實有點想跟他走。

因為他願意讓我蹭他的白鞋，也不惱，這樣的主人應該會對狗很好吧。

剛回到棚子，突然狗老闆又把我們趕了出去，真是沒完沒了。

氣得一條小花泰迪說：「這樣生不如死地被趕來趕去，還不如投胎當隻肉狗直接被賣進狗肉館得了，一了百了。」

他還真是想得通透，我不想，我還是想找到一個主人，好好過一生。狗最值得的一生，就是能和主人相互陪伴。

老闆：「剛剛就是那一條。」

老闆指著我。

我一看，還是那個穿皮衣的男人，他看著我笑，然後蹲下來，朝我招招手，我好開心，搖著小尾巴，跌跌撞撞一頭就撞了上去。

上了車，Will開車，我在後座的籠子裡緊張地叫喚，穿黑皮衣的人就把我從籠子裡抱出來，摟在懷裡，不停地安撫我。

一路上我就聽著他倆聊天。

我才知道剛才車在回程的路上，摸我的這個人一路沒說話，Will問怎麼了，他說：「腦子裡已經全是那條小黑狗的樣子了，而且黑狗非常配我今天穿的黑皮衣，不是嗎？」

Will就諷刺他，反正只要他決定了要做什麼，可以找出一萬個千奇百怪的理由去說服自己。

然後，Will就調了一個頭回來接我了。

回家的路上，我知道了，這個穿皮衣的男人叫劉同，二十九歲。

在一家電視公司做節目製作人，他工作很忙，早出晚歸。回家之後最喜歡幹的事情就是寫東西，所以很希望有一隻寵物能夠陪著他。貓太不親人，他想養一隻能親近一點的寵物。

我閉著眼睛，假裝睡著了，心中狂喜：這不就是我嗎！我超黏人的！親近第一名！

我有一個自己的微博，粉絲還不少。

很多人都以為那是我爸的小號，其實那就是我自己的微博。

我還記得那天是二〇一一年四月三十號，我爸正靠在床頭寫微博，我想看看他在幹嗎，就用爪子扒拉他。

扒拉了兩三下，他突然把手機給我看：「我在寫微博，咋了，你也想要微博嗎？」

雖然我並不曉得微博是個啥，但看我爸每天要花好多時間做紀錄，我覺得應該是個有趣的東西。

我就哼唧了一句，意思是：好啊好啊。

我爸一拍腦門：「怎麼回事！居然需要你來提醒這件事，我就應該一早給你開一個帳號。這樣，你的事情都可以發在你的微博上了。你擁有自己的生活紀錄多好啊。」

從那天開始，我就擁有了一個自己名字的微博帳號——劉同喜。

我想我大概是擁有微博帳號時間最長的狗子了吧，到今年就是第十年了，一共更新了九百六十八條微博。

我划拉了一下裡面的內容。

好羞恥，什麼內容都發過，吃了花肥吐了一地，找了媳婦親熱了一下，出去郊遊，剪了頭髮，被我爸懲罰……還記錄了二白剛來家裡的樣子。

在二白來之前，爸爸給我抱回來一隻幾個月的灰泰迪，我不喜歡，躲得遠遠的。

爸爸一直希望我和小灰泰迪成為朋友，我就是不理。

他沒辦法就把小灰泰迪送了回去，對朋友說：「我家劉同喜可能怕被搶了地盤。」

我才不是因為這個咧！我已經是一條非常懂事且成熟的狗了。

分明是那隻小灰泰迪剛來家裡，就在沙發上撒了一泡尿。

我爸覺得他年紀小，所以才亂撒尿。

小灰泰迪撒尿前，狡黠地一笑，他就是想測試一下新家主人的底線到底是什麼。

有些好狗是通過互動來確認主人的喜好。

有些壞狗是通過破壞來確認主人的喜好。

他活該倒楣遇見了我，畢竟我待在家裡的時間比我爸久多了，我可不喜歡把家裡弄得烏煙瘴氣。

雖然……我爸惹我生氣的時候，我也會搞搞破壞，但那是有原因的嘛。

後來我爸又把二白帶了回來，他很擔心我還是不接納二白。

我趁他不注意的時候，悄悄地走到裝二白的籃子旁邊觀察起來，二白正閉著眼睡覺。

二白剛滿三個月，被小毯子裹著，是一條圓滾滾的棕色泰迪，可能媽媽的奶水很足。

我低頭看了看自己，雖然爸爸這些年把我照顧得很好，但無論我吃什麼都很瘦，就是因為小時候在狗場的時候營養沒跟上，沒發育好。

二白突然睜開了眼睛，我和他猝不及防來了一個對視。

他歪著小腦袋，下巴上有一坨白色的毛。

「你為啥叫二白？」

二白用小胖爪子把毯子扒拉開，原來他的胸口上還有一簇白毛。

「因為我有兩簇白毛，所以我就叫二白了！」二白咧開嘴，想齜牙笑，但一顆牙齒都沒長出來。

「我看你還是叫『二白五』比較好哩。」

「好啊，那以後哥哥可以喊我二百五。」二白非常自來熟。

「誰要當你哥哥？」我轉身就走，一轉身發現我爸正站在我身後，一臉笑意地看著我和二白。

養二白唯一的原因是我怕同喜年紀大了之後，沒玩伴容易抑鬱。

雖然我爸是好心，但他並不知道，我並不寂寞也不抑鬱。

他不在家的時候，我什麼都做。

看他買的書和b站的綜藝選秀，研究為什麼有些植物長得不好，我就會推它們去曬更多的太陽。我忙得很，也充實。

但好像人類總是覺得「一個人（條狗）獨自待著就很慘，就會抑鬱，一定要給他們找個伴兒才行」。

關鍵是我爸不是還寫過一本書《你的孤獨，雖敗猶榮》嗎？

他為啥就不能理解一條狗的孤獨其實也很充實呢？

自從有了二白之後，同喜的精神面貌也好了不少。

之前我每次晚回家都會很愧疚，覺得同喜整天自己待著太可憐了，現在就不必擔心了，如果二白對家裡什麼感興趣，起碼同喜也能起到一個導遊的作用，讓二白對這個家不會那麼生疏。

二白來了之後，很多事情我就不能做了。

上次我看動畫片《國王排名》正投入，突然聞到餐廳傳來一陣濃郁的魚粉味道。

我全身緊繃，立馬衝進餐廳，發現二白把櫃子裡爸爸買的一箱速食魚粉拖了出來，然後把箱子裡十二包魚粉全部都拆開了，各種調味料、麵餅滿滿當當鋪了一地。

我十分震驚地看著犯罪現場，我問二白：「你拆一包不就夠了嗎？你為什麼要把每一袋都拆了？你到底要幹什麼？」

二白咧著嘴：「拆魚粉比玩爸爸買的那些粉撲撲的玩具娃娃有趣多了，你不覺得玩娃娃的狗都太娘了嗎？」

那次之後，我基本上就沒時間做自己的事兒了，我每天趴在沙發上死死地盯住二白，害怕他突然腦袋抽風又幹出一些什麼事情來。

明明二白是來做我的玩伴的，沒想到我成了他的保姆。

他去哪兒，我去哪兒，他上桌，我也必須上桌把他叼下來。

他要打開櫃子，我就要把櫃子關上。

這一天天的，我每天的運動步數都讓我在朋友圈的健身排行裡天天占領封面。

退貨還來得及嗎？我看著二白，腦子裡只有這一個想法。

我無奈地嘆了一口氣，二白立刻走到我身邊貼著我躺下，半個腦袋靠在我的身上。

他問：「哥，我沒來的時候，你過得愉快嗎？」

愉快！！！非常愉快！！！

比現在愉快一萬倍！！！

但我用大人的語氣回答他：「各有不同吧。」

這十二年間，劉同喜跟著我搬了五次家。

從一居室，到兩居室，到三居室，到現在。

每次他好不容易熟悉了家樓下的環境，認識了一些朋友，我就又帶著他換另一個地方居住。

熟悉的，立刻就不熟悉了。

唯一熟悉的，只有我了。

但好在，我倆的日子都過得越來越好。

每當工作上有了成績，帳戶上積蓄的數字又多了一點之後，我都會把同喜摟在懷裡，告訴他我的努力換來了一些回報，告訴他可能我真的能買下我心心念念的房子了。

這些年，我和很多朋友走散了，他還在。

我和很多人吵過架，但和他沒有。

那一團小小的黑色，是最令我心安的緣由。

我常跟朋友感慨：「很多人說養寵物也要靠運氣，幸好那天我遇到了劉同喜，幸好那天我調頭了，我覺得劉同喜簡直是我的守護神，我一切似乎都很順利，肯定是因為養了他的原因！」

朋友說：「是啊，所以你家劉同喜吃得好，用得好，年紀那麼大了，身體還好，你們對彼此都不錯。」

我爸剛說的那一段讓我想起了好多。

其實他這十年也沒有自己形容的那麼順。

有兩次搬家，都是房東突然說子女要回國了，房子要給他們住。

然後爸爸就帶著我，跟著搬家公司的車去了新的地方。每次搬家他都會很抱歉地對我說，不好意思，以後一定讓我有一個穩定的家，再也不到處亂跑了。

聽他真摯的語氣，我覺得他肯定可以做到的。

其實有好幾年，他有一多半的時間加班超過了十二點，回來遛我的時候都凌晨了。邊遛我，還要邊回同事的微信。

那時我才知道，原來他不做電視節目，改去電影事業部了。

他進電影事業部的時候什麼都不懂，利用所有的閒暇時間看電影，所以我的閱片量也一下變多了。

他以為寫劇本和寫別的差不多，沒想到完全摸不著邊，寫了又刪，刪了又寫，反反覆覆，很頹廢。

他也會抱著我說：「完蛋了，我覺得自己完蛋了，好像什麼事情都做不了，也沒這個能力，我該怎麼辦？」

他說話的語氣十分低落，我就會把頭輕輕地靠在他的臉頰邊。

有時也會伸出舌頭，輕輕地舔舔他，告訴他我還在，不要怕。

很長一段時間，他灰頭土臉地回家，精神抖擻地去上班，半夜又垂頭喪氣地回來。

看著我爸，我覺得做人真的好難。

以前為了引起爸爸的注意，我還搞些小破壞，後來發現他自顧不暇的時候，我突然就長大了。

我和他這些年都長大了，他也慢慢地不再抱怨，不再覺得自己不行。

以前寫東西寫到崩潰的時候，爸爸會自言自語：「是不是選錯行業了？」

後來再崩潰的時候，他乾脆把電腦一合，抱起我問：「沒關係，現在靈感沒來，明天就好了，不如你陪我看個電影吧。」

看他慢慢地變成了大人，我也開心。

不是會照顧別人的人才能稱之為大人，懂得照顧自己情緒的人才是真的大人。這些，二白是不會懂的吧。

我倒希望二白別懂，永遠天真下去，這些是通過我和爸爸的努力才能給他的愛啊。算了，還是不退貨了吧……二白這個小王子的存在才是這個家變得更好的標誌嘛。

趁我爸不注意，我看了他這本新書的稿子。

看到了他寫搬房子的那篇文章。

我們現在住的這個房子，爸爸買下來後是沒有錢裝修的。

我們就一直在同一個小區租房子住。

每當他心情不好了，或者心情很好了，都會抱著我來看這套房子。

這套房子前主人的裝修豪華，家具裝潢都很隆重，其實隨便收拾收拾，就可以搬進來住了，還可以節約一大筆裝修費。

爸爸想了想，對我說：「既然要住，就要住自己真正喜歡的，一切都是隨著自己意願的房子。不然花了所有的積蓄，還是住在別人的審美裡，心裡會不舒服的。而且……如果現在因為沒錢裝修就住進來了，以後更沒有機會裝修了。空著吧，就當是我們給自己的激勵也好。」

我四處轉，跟他搖了搖尾巴，意思是：好的，我也不喜歡這種富貴裝修，最好拆了重裝，那你努力打工掙錢噢。

我爸聽懂了，他一把抱起我：「好咧，努力掙錢。」

其實除了我掙錢，同喜和二白也為建設這個家做了不少貢獻。

二〇一八年是狗年，我突然接到了一個國際服裝品牌的商務邀請合作。

我很謹慎地問同事，我需要配合什麼。

同事很直接地告訴我：「準確地說，他們不是找你合作。」

我：「啥意思？」

同事：「客戶看到了同喜的微博，看到了同喜和二白的生活狀態，覺得特別好。客戶的要求是同喜和二白帶著主人出鏡就好。」

我：「……」

然後他倆就帶著我，成功地掙到了他們自己的一大筆生活費。

拍照那天，我就是一個背景板，無論我的狀態多好，只要他倆有一個不行，攝影師就要求重來。拍著拍著同喜就不耐煩了，在沒人注意的時候，他在我身邊嘆了好幾口氣，問我能不能回家了。我只能不停鼓勵他：「快結束了，別煩躁，要學爸爸，敬業一點。」

雖然我和同喜累得不行，但二白整個滿場飛，到處交朋友，四處要零食，然後叼回來放在同喜面前，一條狗承擔了所有交際。

我對同喜說：「你看，你弟還是有點本事的，不要那麼瞧不起他了。」

同喜趴在地上，吐著舌頭，默認了一切。

其實從一開始，我一直覺得人是人，狗是狗，彼此是很難溝通的。

但我沒想到我爸特別喜歡和我聊天。

類似於：「如果你聽懂了，你就搖搖尾巴。」

「如果你也是這麼想，你就叫一聲。」

「你是不是特別睏了，我們睡覺吧。」

其實所有他說的話，我都聽得懂，但我並不會按照他說的給回應。

我知道，不是所有的狗都是我這樣的，也不是所有的主人都是他那樣的，如果我表現出完全聽得懂的樣子，我爸一定會很開心，會覺得我是世界上最好的狗。

但我不希望他覺得我是世界上最好的狗，因為，如果有一天我離開了，他會很傷心的。

也許他還會養別的狗，也許二白還會陪著他，但是他會拿一切和我比較，一旦讓他失望了，他就再也離不開我了。

他應該離開我才對，我的生命比他短多了，我沒有辦法一直陪他到老。

可我一邊希望他能永遠記住我，一邊又不希望他在這種回憶中走不出來。

我是不是說得有些顛三倒四？我是不是想太多了？我也希望是自己想太多了。

現在每次爸爸回家，我和二白都會迎接他。無論二白多麼熱情，他總是第一個抱起我。

我看他的眼神，裡面分明就寫著：同喜年紀大了，我要趁還能對他好的時候，對他足夠好。

以前我和爸爸相處的日子都是期盼未來，不知道從什麼時候開始，似乎就變成了等待結束。

幸好像我這樣通人性的狗都很會調整心情，所以能活得更久一點。

現在同喜嘆氣的次數越來越多了。

不知道是二白惹他生氣了，還是因為他年紀大了，想的事情多了。

可只要他一靠在我的身邊，我們對視一眼，就感覺其實什麼都不用說了。

還有什麼比相互依靠著一起放空更好的？沒了。

他知道我的工作、我的煩惱，他知道我面臨的壓力。

他會用爪子拍拍我，給我鼓勵。

他見過我最幼稚的時候，他對我的犯傻愛搭不理。

他舔我的時候，是給我的獎勵。

他不僅是我的兒子，也是我最要好的朋友。

前幾天我翻閱著他發的微博。

從我教訓他的影片，到他每天犯睏的自拍，擁有了新的玩具，我睡覺的樣子，我和朋友發生的好笑的事情，都被他鉅細靡遺地記錄了下來。

看著看著，我又笑又感慨，如果不是他，我怎麼會記得自己有這樣的一面。

我伸手撓撓他的肚子，他伸了個懶腰，瞥了我一眼。

我：「同喜，其實你完全知道爸爸在想什麼對吧？你也聽得懂我在說什麼對吧？」

同喜繼續趴著，沒有理我。

雖然他不理我，但是我知道他都聽懂了，只是裝聽不懂罷了。

我繼續說：「這輩子能遇到你真是好啊，真希望下輩子我們還能在一起。」

同喜突然從沙發上站起來，朝我汪了一句，跳下沙發走了。

我沒太懂那句話的意思，但我總覺得不是什麼好話。

因為二白聽完同喜那句話後，也跳到我身邊，不停地重複那句話。

嗯，可能過幾天他想發微博的時候，我就知道意思了吧。

我爸說希望我們下輩子還在一起。

我也希望。

我就跟他說了一句：「下輩子，你做我的狗行不行？」

我怕我爸聽懂了打我，就跑走了。

沒想到二白跑過去一直跟我爸說這句話。

二白這沒大沒小的，如果劉同下輩子成了他的寵物，二白還不把他折騰死？

我挺開心的，自從我爸看完了我放在那的《生死疲勞》後，突然就覺得我們的心更近了。

我出差的時候在電子閱讀器上讀完了《生死疲勞》，邊讀邊覺得同喜應該就是莫言筆下那種能和主人心靈相通的寵物。

為了證明這件事，我特意偷偷地把《生死疲勞》放在了茶几上，如果他和我想得一樣，他就一定會看完這本書，他不僅會看完這本書，還會把這本書放在最顯眼的地方，希望我也能明白他在想什麼。

當我真的看到這本書放在最上面的時候，我就知道，他看完了，他也是愛我的，我和他之間是心靈相通的。

我想好了，如果下輩子他不能做我的狗，我做他的狗也行。

因為我相信，他對我一定會像我對他一樣好的。

至於二白……跟著我倆誰都行。

Chapter 05

the End of the Story

希望你能幫我 為故事寫上句號

我應該是在《誰的青春不迷茫》裡寫過我忘記了自己的初戀。

朋友看到後很詫異：「你怎麼能忘記你的初戀呢？你的初戀不是那誰誰誰嗎？」

我說：「不是那誰誰誰，那誰誰誰都是你們撮合的，牽牽手，放放學，也沒怎樣，美好是美好，但並不懂愛。」

想了想，我說：「初戀應該是真的有被傷到的那種感覺才對。」

朋友看著我：「你好賤。」

我應該不賤吧，初戀不是大多以悲劇收場嗎？

如果不是悲劇，我怎麼會輕易就忘記了呢？

應該很痛，很難堪，不想在回憶裡反芻傷害自己，生理保護機制就硬性把它給刪除了吧。

雖然記不得傷在誰的手裡，但記得應該發生在大二的某段時間。

那時的自己各方面都很青澀，在同齡人當中不起眼，也沒什麼特長，瘦弱且單薄，不是好的戀愛對象。

用此刻我的眼光來看，那時的我並沒有做好戀愛的準備，全身上下都散發不出任何魅力。

然而實事求是地說，雖然初戀不那麼美好，但不美好的只是結局，開始的時候我應該是很喜悅的。

遺忘了那麼多年後，我怎麼突然想起了我的初戀呢？

因為我在上海虹橋機場居然看到了那個人。

名字我就用C來代替吧。

剛才提及，大二的我毫不出眾，最大的作用就是當別人約會的電燈泡。

在現實的愛情世界裡，我在第一關就會被排除，輪不到可以袒露內心的環節。

那時網路開始盛行，人與人之間通過文字表達去相互了解，語音是沒有的，除非通電話。照片也是沒有的，除非花兩塊錢掃描，存入磁盤，再去可以使用磁盤的網咖發郵件。要做完這一系列的操作，也算是真愛了。

九〇後甚至〇〇後的朋友聽到這種描述，常會問：「這樣認識的人可靠嗎？什麼都看不到，見面很失望怎麼辦？」

相反的是，今天我身邊很多的夫妻當年都是網友。

原因很簡單，那時上網的人少，大家都帶著激動與真心，上網費也並不便宜，一旦網戀了，就會搶座包夜，每天聊通宵，恨不得把心都掏出來交給對方。經過這一系列的操作，長相在真心面前不說一文不值，起碼不是最優先的考量。

多好。

不像現在，還沒開始聊天，一張照片就定了生死。

划走，划走，划走，總算看到一個順眼的，正準備點讚，但手指的習慣性動作不小心又划走了。這個人就在互聯網上，在你的生命裡永遠消失了。

但沒關係，你失落半秒之後依然篤定自己能划到一個不錯的。

我和C是網友。

那時我大二，C剛參加工作。

八塊錢可以在網咖過一個通宵。

雖然網速慢，但各種論壇的帖子底下，大家相互留言格外帶感。

對於剛從小城市進入省會讀大學的我，發現除了同學，原來網路上還有這樣的天地與世界。

如果沒有記錯，我和C的相遇應該是在一篇討論意識流寫作的帖子底下。

具體內容我忘記了，我只依稀記得那時國內外非常流行意識流寫作，寫個十幾頁才回到主題的小說也很常見。我漫無目的地翻閱著留言，突然看到一個人寫了一段話。具體的字句是什麼我忘了，對方大概是寫「我最大的快樂，然而又是少有的快樂，是我此刻坐在網咖和你們討論意識流，思考著我作為人存在的意義。而網咖煙霧瀰漫，其他人看片談愛，他們對自己一無所知，只是呆若木雞，垂涎三尺」。

我便在底下留了一段：「今晚，我同你一樣，坐在這裡思考自己究竟為何物。」沒過一會兒，對方回：「你也看亨利・米勒？」

我本想回「對」，又刪除。

改成了「《南迴歸線》」，又刪除。

我打了一段亨利・米勒在《南迴歸線》裡的原文：「（我）最大的快樂，然而又是少有的快樂，是一個人漫步於街頭，在夜深人靜時漫步街頭，思考著我周圍的寂靜。幾百萬人躺在那裡，對世界一無所知，只是張開大嘴，鼾聲如雷。」

這便是我和C的初識。

那晚我們便聊了一個通宵，清晨時約定第二天晚上繼續。

那種情緒非常微妙，在現實中你找不到任何人如此敞開心扉，表達總要字斟句酌，憂心表達失誤，害怕沒有邏輯，擔心不夠準確。而在網路上，在C面前，我可以隨便說任何我想說的東西，完全不必顧忌旁人的看法。

往往是Ｃ甩出一個話題，我倆就可以一直聊下去，哪怕中間產生了新的話題，我們也是各聊各的，毫不在意順序，常常為相互的默契而在網咖旁若無人地大笑。

Ｃ說：「和你聊天，就像在幫助我蹚出一條新的世界觀。」

我剛好在打：「我發現和你聊天，我根本不在意你在說什麼，反而是我更了解自己了。」

Ｃ回覆：「彼此彼此，相互利用而已。」

我們從未提及個人更多的訊息，只是簡單說了說自己的性別、年齡和身處環境。似乎我們都想牢牢抓住彼此，不想因為更多的訊息干擾到自己的判斷而產生膽怯。

我和Ｃ就這樣，一週聊三個通宵，整整聊了三個月。

又是一個清晨來臨，Ｃ突然用ＯＩＣＱ（早期網路聊天軟體）發來一個消息：「對了，我下個月要去長沙出差，要見一面嗎？」

本來有些睏意的我突然清醒，看著那句話愣了半天。

「對了」看似隨意，想必思考了很久。

「如果不想見也沒關係，我也害怕我們會因為見面而失去了此刻的美好。」Ｃ又打來一段文字。

我立刻回：「不是。可以。我想，我們不會因為見面而失去此刻的美好。起碼我能保證不會。」

「那，互相留個聯繫方式？」

「好。」

即使留了聯繫方式，我和C也沒有通過電話。

也許我倆都在暗暗地提防一件事，害怕因為通話就打消了見面的念頭。

如此想來，這一段對於我和C都是從未有過的有趣體驗吧。

我們約在C下榻酒店的咖啡廳見面。

我特意收拾打扮了一番——作為一名大二生，我也沒有更多體面的服裝，一條乾淨的牛仔褲，一件白T恤打底，外加一件格子襯衣。

C曾經說不喜歡浮誇，偏愛乾淨。

能做到乾淨就是我最大的誠意。

那時我還戴眼鏡，進咖啡廳之前，我特意用T恤的一角，仔仔細細地擦了好幾次鏡面，確保沒有塵跡。

小心翼翼，是我走向新世界的慣性。

C已經在約定好的座位等我了。

我低著頭走過去，坐下，不敢看C。

C笑起來，聲音好聽、開朗，和文字裡呈現的狀態是一致的。

「你怎麼那麼害羞？」

其實我不是害羞，我只是害怕，怕抬起了頭，C看到我的相貌會很失望。

「你是怕我看到你的樣子失望嗎？」C問。

那時的我，應該像個舞獅少年，將自己躲在低頭的動作裡，搖頭晃腦，想表現出活潑，又怕被看到真相。

我鼓起勇氣抬起頭，讓C好好看我。

而我亦迎著C的目光不再退讓。

C真好，大方自然，用笑聲幫我清掃初次見面時碎了一地的慌張。

「坐咖啡廳不習慣？」

「主要是沒怎麼來過，感覺自己配不上。」我稍微恢復了一點網路上的肆無忌憚。

「哈哈哈，終於像你了。不然我還以為你換了個人來和我見面。要不，我們上樓聊？」C站起來。

上樓？我愣了半秒，應該是回房間聊。

C是有本事的，把一件難堪的事情說得極其輕鬆，讓我也覺得理所當然。

更重要的是，C不討厭我。我心裡開始有些喜悅。

我看C徑直朝電梯走去，也沒買單，心想C來到我的城市，我也應該請這杯咖啡，準備叫服務員過來結帳。

C回過頭眼神示意我跟上。

「還沒買單……」我有些尷尬。

「噢，掛在我的房帳上。我剛來的時候已經說過了。」C手一揚，瀟灑地轉過身徑直往電梯走。

我覺得自己很蠢。

進了房間，C去鎖門，經過我的時候，C直接湊過來，笑瞇瞇的。

我和C接吻的時候，全身僵硬到不行，不知道手是應該往前放還是往後放。

這應該是我人生中第一次接吻。

C帶領著我，我腦子裡閃過「挺熟練」的念頭，但隨即又想畢竟C年紀比我大，如果C不熟練，我倆也不會聊這麼久，也見不到面，我也不會站在這個房間。

這是我想要的嗎？

其實我也不知道我要什麼，我只知道和C認識的這段時間，我前所未有地愉悅。

所以跟著C往所有的未知處探索也未嘗不可。

大概是我戴的眼鏡影響了接吻，C幫我把眼鏡取了放在一旁。

我睜著眼想看清楚C，無奈八百度的近視讓我眼前模糊一片。

雖然我感到躁動，但我更希望接吻的時候能看清楚我接吻的對象。

我們擁吻在一起，我伸出一隻手去搆我的眼鏡，還是想戴上。

突然C停住了，又笑起來：「你是想看清楚我嗎？」

我被拆穿，很尷尬地點點頭。

大概是我的舉動讓C很掃興，C指了一下浴室：「要不，你先去沖一沖？」

實際上，我和C並沒有進一步發生更多的事。

現在回想起來，大概是我的一系列舉動讓C感到掃興了。包括但不限於：我並不知道站在浴缸裡沖洗的時候，浴簾的下擺應該要放在浴缸內。我放在了浴缸外，導致所有的水順著浴簾流到了地板上，水漫金山。我也不知道需要把地墊鋪在地上用來吸水。洗漱台也被我弄得濕漉漉的。咖啡廳的消費是可以掛房帳的。電梯需要刷卡才能到達C的樓層。房間裡的水是可以免費喝的。和C的一切相比，我就是個原始人。

我倆面對面躺著，繼續著網路上的話題，越聊越清醒，早前的曖昧蕩然無存。

「我要回去上課了。」我說。

「好，路上小心。明天我請你吃飯？」C問。

「你還想再見我？」我很清楚問出這句話的我顯得那麼卑微。

「你在說什麼呢，明天晚飯？」C沒有回答我的問題。

迴避其實就是答案，而可憐的我還想掙扎出一些可能性。

後面三天，我下了課就往C那邊跑。

也很主動地在小徑的陰暗處去牽C的手。

我們擁抱、接吻，隔著衣服感受彼此的心跳。

但就在要更進一步的時候，總是以C輕輕地拍拍我的背，暗示我「可以了」而倉皇結束。

C第二天要走了，而我要趕回去上晚自修。

我說我走了，那就下次見。

C又很慣性地笑起來：「好啊，下次再約。」

其實我早就接受了一切，而我打算讓自己徹底死心。

「我是不是讓你很失望？」本來打算離開的我，又停了下來。

我看著C，C看著我。

C大概也知道我是鐵了心想問個清楚，所以C回答得也果斷。

「也算不上失望吧，就是『哦，原來這是你』那種感覺。」

「也算不上失望，這種描述……所以我很差勁是嗎？」從C的回答裡我知道以後我們也不會再見了，但繼續自取其辱的我到底要得到一個什麼結果呢？

「哈哈，非要我說那麼具體嗎？」

「你說吧，我做好準備了。」

「你人挺好，不過好像不能讓人產生慾望。」

「是因為我把很多事情做得很糟糕？」

「也不全是吧，你就像一個想要把一切弄清楚的小孩兒，而我又沒那麼多時間陪你弄清楚那麼多事。」

「那為什麼這幾天你還一直和我待在一起？」

「你是否記得亨利．米勒有一句話是這麼說的，『她吸引我的地方是她對巴爾扎克的熱情』，你吸引我的地方就是你對亨利．米勒的熱情，我就想看看你是怎樣的一個人。」

「如果那天我沒拿眼鏡的話，我們是不是可能會發生什麼？」

「可能吧。不過你也不用想太多，就算發生了什麼，其實我也只是想試試看是什麼感覺和體驗。」

我很想有一些結果的關係，原來在C眼裡只是一個體驗。

「你不會以為我們是要談戀愛吧？」C問。

我要怎麼回答呢，現在還回答「是」，顯得自己也太癡情了。

如果回答「當然不」，其實也占不著什麼尊嚴了。

「我和你，是第一次和人接吻。所以，對我來說蠻重要的。」

「是嗎？哈哈哈。那就謝謝你信任我了。」C的表現非常隨意，可我就是討厭不起來。

我從書包裡拿出一張李泉的CD。

我指著其中的一首歌《名字》告訴C：「這首歌是我這週的心情，如果你有時間，你可以聽一聽。如果你因此了解了我，也可以告訴我。我等你的回覆。」

C收下了那張專輯：「好。」

我離開，上了回學校的公車，從此和C再沒有聯繫。

其實之後一個月，我每天都去網咖登錄我的ＯＩＣＱ，看看Ｃ是否有給我留言。

一直沒有，一直沒有。

後來實在忍不住了，就留言：「請問你聽了那首歌嗎？」

大概過了一週，我收到了Ｃ的回覆：「不好意思，還沒有。」

我把Ｃ刪除了。

十幾天前。

也是十幾年後。

我從虹橋機場回北京，正在候機，一個熟悉的笑聲在我身後經過。

我扭頭一看，Ｃ和幾個同事從我身後經過。

這些年也沒怎麼變，Ｃ還是我記憶中的那個樣子，連髮型都一樣。

我遠遠地看著Ｃ神采飛揚，時不時還像當年一樣發出爽朗的笑。

一瞬間，有關Ｃ的一切全部湧了上來。

第一次的擁抱，第一次的接吻，第一次的局促，第一次每天跑網咖看留言，那種貫穿全身的失落感，那種迎難而上卻被澆成落湯雞的難堪。

也想起了第一次聊通宵的興奮，每天卡著點包夜的激動，打字飛快的那些曾經。

我萌生了一個念頭，如果我現在過去打招呼，Ｃ記得住我嗎？

我看了一下玻璃反射裡自己的樣子，著實變了很多。

那時一百七十七公分的我，九十九斤。

現在一百七十八公分的我，一百三十六斤。

大學畢業後，我做了激光手術，早已不戴眼鏡。

常出差的我把國際連鎖酒店也住到了鈦金級別，知道了住酒店的種種規矩。

我再沒有和人通宵聊天。

這些年，沒有人和我提過亨利．米勒這個名字。

我也不會去追問那些心裡已經有答案的問題。

我面對陌生人不再低頭慌張，我也學會了用笑聲掩飾拘謹。

我學會了讓對方看不出我的喜歡，也學會了讓對方很明顯地知道我的失望。

有天開車，當我不小心聽到了李泉的《名字》，車上還有別的同事，我把聲音調大，告訴他們：「你們聽聽這首歌，我曾經把這首歌送給過一個人，告訴對方這首歌代表了我的心情。現在想起來真是太噁心了，如果我遇見我這樣的人，應該會吐吧。」

歌詞是這麼唱的：

我想我是個痴心人，
得不到你是我的稚嫩。
我想我是個傷心人，
等不到你是我的緣分。

你的冰冷，我能忍。
你的殘忍，我去分。
我的故事，它有了你的名字。

聽到一半，幾個同事也哈哈大笑，說這歌詞，聯想到過去的你，還真是有點酸透了啊。

是啊，太酸了。

也為過去的自己感到心酸，不配得到更多的愛，就拚命表達自己，企圖獲得更多的認同。

最終，我看著C登機了。

回來跟朋友提起了這次相遇。

朋友說：「如果C是一個人，你會上去打招呼嗎？」

我想大概會。

「你會說什麼呢？」

我想了想：「我大概會說，你還記得我嗎？我的網名叫黑梧桐葉，很好笑對吧？不過你不記得也沒關係。我們沒有任何實質性的關係，也沒有過名義上的交往，你別擔心。但你是我第一次動心後敢說出來的那個人，在我這裡，你應該算是我的初戀了吧。

很抱歉大二的時候，沒有做得很好，把浴室裡弄得發了水災，一塌糊塗，攪亂了你的興致。但我真的很感謝你讓我認識到了自己的短淺與無知、自大和狂妄。換作是現在的我，應該也會感到頭疼。其實我很感謝你一直笑著照顧我的情緒，哪怕最後也沒有傷害我的自尊心。」

「現在的我變了不少，起碼敢看著你微笑地說話了。我現在在北京工作，如果你以後有時間去北京，我想請你喝一杯，就像當年你請我喝的第一杯咖啡那樣。對了，那時我送給你一張專輯，說裡面有一首歌代表了我的心情，如果你沒聽過的話，我希望你再聽聽。也沒別的意思，就是那首歌你沒回應，總覺得好像故事最後那個句號還沒寫上，說難聽也行，哈哈哈，沒關係。」

Chapter 06

See You in Never

再見再見，再也不見

「大不了就絕交！」

「絕交就絕交！」

幼稚的人之間總是會上演這種對話，大概的意思就是——

「別以為你對我多重要。」

「是嗎？那你對我也不重要。」

那就讓我們此刻失去彼此，看看誰比較痛苦。

能因為這種話而絕交的朋友，關係也不見得真的好。

起碼自以為自己不會被傷害到。

最常見的結果是，總有一方會突然後悔、遺憾、躊躇，暗戳戳地想找個機會表達真心——

「其實我們還是朋友，我不該說上次那些話。」

《我在未來等你》中我寫過一句：真正的好朋友就是要有敢絕交的勇氣，也要有敢和好的勇氣。大概就是這種情況的真實寫照。

不過呢，話雖這麼說。

如果我問我身邊的好朋友：「我這些年給你最深刻的印象是什麼？」

他們大概都會說：「你也太喜歡和人絕交了吧。」

「也不會啦，你看我們不是還沒絕交嗎？」我嬉皮笑臉。

「那還不是我能忍你？」朋友說。

「那就謝謝你咯。」

其實我們都知道，和一個人深交，絕非是一個字「忍」，但和一個人絕交，絕對是三個字「不能忍」。

我想了想這些年我絕交的那些朋友，我和他們絕交的原因是什麼。奇怪的是，我可能記不住我和他們是怎麼變成好朋友的，但我一定記得最後絕交的原因是什麼。甚至現在想起來，也不覺得自己和他們絕交是個錯誤，反而覺得是個明智的決定。

他的處事突然變得讓我不認識。

我和S認識很多年了，讀大學的時候我們就認識了。

那時S的工資不高，但總是會請我吃飯，哪怕後來我在北京工作了，他也會很講義氣地請我吃飯，說：「在北京你請，在湖南我請。」

我覺得S是個特別講義氣的人。

我們認識多年之後，他說他想開一家清吧，但是苦於沒有資金。

我覺得S做事認真，朋友也多，如果他開一家清吧，把控好酒的品質，應該能做得不錯。

我算了一筆帳，按照計畫，哪怕酒吧不掙錢，應該也不怎麼會虧本。

最重要的是，能滿足朋友的一個願望，能改善他的生活。

於是我對他說：「好，我出錢，你來管，給你工資和股份。」

我拜託北京做酒吧的朋友，讓他幫忙培訓了調酒師，參與了酒單的製定，酒吧就這麼熱熱鬧鬧地開了起來。

第一年，生意尚好。

有一天，朋友告訴我，他去體檢了，身體不太好，要休息幾個月不能工作。

身體是本錢，我說好，那酒吧就讓我們別的朋友幫忙照看一下吧。

別的朋友都有本職工作，只能輪流有一搭沒一搭地照看。

我們也達成了共識，酒吧就維持著吧，也不指望做更多的生意了。

時間過了三個月，城市裡開了一家一模一樣的酒吧，其他朋友告訴我，那家酒吧就是S開的，調酒師辭職之後也去了他那裡。

我立刻明白了，他說身體不好只是一個謊話，看起來是他在管理我們的清吧時，清楚了一切流程後，就在籌備開自己的酒吧了。

其他朋友氣得不行，S不僅瞞著他們，也瞞著我。

在他們看來，我們都是認識十幾年的朋友了，怎麼能這麼幹。

我沒有那麼生氣的原因是，我特別喜歡S，我們性格也類似，只要他需要我的幫助，我一定會傾盡全力去幫助他。我心裡甚至有些慶幸，我告訴自己和其他朋友，幸好酒吧的投資沒那麼多錢，如果再過十年我更有錢了，他需要十倍的資金，我估計以我對他的信任，應該也會投吧。如果等到那個時候S再騙我，我的晚年才慘吧。

這麼一想，心情就好了很多。

就算要被信任的朋友欺騙，時間還是越早越好。

雖然我沒有那麼生氣，但對於S，我自然也有了新的看法。

開這家酒吧，我是因為他，但他卻半路退出，撂了挑子。

即使真的要撂挑子，也應該當面告訴我原因，大家把話說清楚。無論從哪個角度，我都沒有辦法理解他的做法。唯一的可能性就是：他太想成功了，以至於當時可以不顧任何後果。我發了訊息問他為什麼要這麼做。

他回覆我，他也不知道，沒想好怎麼和我說。

我說好，我們的關係就到此為止了吧。

過了大半年，我們在一個餐廳偶遇，他發訊息給我：「一起喝一杯吧，過去的事情就讓它過去吧。我們都是成年人了。」

我回覆他：「當初開酒吧，我的目的就是希望你的生活能過得比之前好。你現在確實變得更好了，我覺得我的初衷達到了，只是過程不是我想像的那樣。我們對事情的態度不一樣，所以之後就不能再成為朋友了。但我希望你能越來越好，一直好下去，證明當初我們開酒吧的決定不是錯誤的。加油。」

現在時間過去好幾年了，我們再沒有見過。

S其實幫了我不少，此後再有朋友讓我合作做生意借錢什麼的，我只要想到S，就害怕再出現同樣的情況。生意做不成無所謂，萬一又失去了一個我喜歡的人呢？於是以此為藉口全部拒絕，大家都表示理解。

其實這樣的絕交也挺好的。

因為沒有人能超越他在我心中的位置，所以沒有人能破壞我因為他立下的原則。

對方是一個能量黑洞。

H是工作中合作過的一個夥伴。

她十分熱情，想事情也周到，一來二去我們就成了不錯的朋友。

她工作有什麼問題都會給我打很長時間的電話，我也會幫她解答。

她知道我工作有什麼問題，也會找各種人幫我打聽，給我一些幫助。

我覺得H挺好的，關係也就越來越好。

當我們的關係好起來的時候，H便隔三岔五跟我說要幫我介紹一些客戶和公司開展業務。

我當時在公司負責廣告，所以對H的提議就非常上心。

她幫我約了客戶，我很認真準備，但去了之後發現並不是這麼回事。

我給她反饋：「怎麼我去了之後，人家的需求完全和妳說的不一樣？」

她說哪個客戶有什麼緊急的需求，有一筆大預算，需要我盡快給她一個完整的方案，兩天之內就需要。於是我就帶著同事週末加班加點，交了方案給她。一直沒回覆，我就去找客戶打聽，原來人家早就定了合作方了。我問她怎麼回事，她說中間人的訊息並不準確，但她一直是站在我這邊的。

一來二去，我突然意識到，我害怕接她的電話，害怕聽到她那熱情洋溢到我無法拒絕的聲音，害怕自己滿腔熱情做完工作，最後聽到她各種抱歉，自己還沒有辦法生氣——畢竟人家是在幫我啊。

她對我來說就像是一個黑洞，本來我過得好好的，但只要是和她接近了，我的好心情立刻就被吸走了，取而代之的是焦慮和等待、失望和落空。

我很認真地對她說過：「為什麼每次妳跟我說的事情，聽起來是那麼的可靠，但這一年多過去，一件都沒有成功過。如果是我的問題，那我就應該被公司開除了。如果是妳的問題，妳應該想一想什麼原因，不要再給我介紹業務了，我也不想再接了。」

某天，她又給我發訊息說：「你在幹什麼？我有一個房地產客戶想要找一家媒體公司做一個年度全案，你可以盡快幫我做一個嗎？」

我看了那個訊息好久，把她拉黑了。

我的心情突然就變好了。

或許我和她成為朋友是為了想真正做成幾件事情，然而她和我成為朋友感覺只是為了讓我給她出各種方案而已。

因為和H絕交，後來我做事都很小心謹慎，一旦有朋友想要諮詢或者需要做什麼，我都會把細節問得很清楚，不再像以前那樣腦子一熱就撲上去。

當細節問得很清楚之後，似乎就知道這件事情到底有無成功的可能性。

「不尊重他人的時間，就是在謀財害命。」

對此，我深有感觸。

我希望朋友懂得尊重我的時間，我也保證去尊重朋友的時間。

因為有了這一次的經驗，後來的生活裡，只要有人讓我不舒服了，我提出來，對方如果沒有改進，我就會選擇迴避，不再交往聯繫，真的輕鬆了很多。

我曾要找一個演員拍戲，他的經紀人很為難地告訴我，他們接了一部戲，已經簽完約了。

我也不能強人所難，就說好。

過了兩個月，發現他們根本就沒簽約，也沒拍攝那部戲。

我可以接受你告訴我，你不想和我合作，或是有別的顧慮，但是你騙我，我就覺得你真的把我當成白痴。

從此我再沒有和對方聯繫過，也許對方更瞧不上我，但人總有漲潮退潮，先劃清界限，總有一天還會在晨昏的潮汐時遇到。

不是對他期待太多，而是彼此付出不太平等。

其實也有一些絕交想起來很沒必要，但喝了酒之後一上頭偏偏就做了，做了就做了吧。

我和W的絕交，估計W也覺得我太莫名其妙了吧。

現在寫出來，我都覺得自己有點任性了。

W開了一家酒館，我看著它從生意寥寥到生意興隆。

為了支持W，我辦了好幾次會員卡，特像那種財大氣粗的暴發戶。

我去的時間也少，我只是用實際行動來告訴他——你看，我很支持你的事業。

平時他需要我的幫助，我也會給他意見，包括他需要一些人脈資源，我也會幫忙介紹，在我看來，他就是比我小幾歲的、很努力做事的弟弟，那我就盡力幫幫他，也不費事。

有一天，我和兩個朋友去他的酒吧，酒吧裡很熱鬧，放著節奏很強勁的電子音樂。我就給W發了幾首歌：「這幾首歌很好聽，在酒吧放感覺會很好，你可以放一下，讓我們感受一下。」

然後W就說：「不行啊，哥，等過了十二點，我再給你放。你想，如果我每個客人都讓我放他們的歌，我還怎麼做生意？」

他說得很有道理，就是因為他說得太有道理了，我剛好喝了一點酒，就對他說：「行，我把你當成很親近的朋友，才讓你幫忙放歌的。但你把我當成了一個普通客人，那是我想太多了，以後我就當個普通客人吧，咱們也別做朋友了。」

我很清楚自己喝了酒的樣子，平時不是什麼大不了的事情，一喝完酒情緒就被放得老大，什麼細節都能變成原則，任何舉動都代表著自尊。

我就像個傻子一樣在我們共同的群裡說了整件事情的前因後果，然後告訴大家，以後我就不和W成為朋友了，發完就從有W的群裡都退出來了。

第二天，大家都嘲笑我，我清醒之後想到過程也蠻想嘲笑自己的。

其中一個朋友說：「你都這麼大了，還做這種事情真是沒必要。」

我說：「是啊是啊，也不知道怎麼著，我就生氣了，可能是我把他當成了朋友，他沒有把我當朋友吧。」

朋友說：「你說對了，其實這件事根本不是人家有沒有放你的音樂，而是你太容易把人當朋友了，所以當別人拒絕你的時候，你才發現你們的關係並不如你想的那麼牢靠。你寫那些話，退群，在我看來只是在維持自己最後一點尊嚴的方式。」

我：「……你說的好像蠻對的。」

朋友：「別人都勸你和他和好，我就不勸了。你留著和他的裂痕，以後就會隨時提醒你別再幹這種傻事。」

哦哦哦，我明白了，和W絕交是我太幼稚了，但這種絕交恰恰是為了讓我以後再也不要這麼幼稚。那也挺好。

這個故事寫下來，我都覺得很羞恥啊。

越喜歡的人傷害彼此越深。

人生中「絕交」這兩個字開始出現是因為這位朋友，甚至寫這篇文章的起因也是如此。

X大概是我人生中第一位真正意義上的朋友。

大一相識，此後的五、六年不停交換人生理想，分享內心，一起結交其他好友，討論寫作、為人、工作、未來。

我不止一次對己對人說：「有一個這樣的朋友真好啊。」

大學時我們一起進入電視台實習，畢業後一起進入電視行業工作，X在北京打拚，我在長沙堅守，一年後相見，毫無疏離感。我倆徹聊整夜，第二天我便做出了一起北漂的決定。

好的朋友就像愛情，你會忽視所有的不適，能待在一起，能一直待在一起，比什麼都重要。

北漂後，一起租房，一起熬夜，相互知道對方的存款，見證彼此感情的消長。

喝了酒，紅著臉說：「有你在真好啊。」

這樣的朋友怎麼會絕交了呢？

想起來大概是朋友之間，各有各的定位，從相遇那一刻開始，我們的相處方式就決定了未來的相處方式。

大一的我剛逃離生活了十八年的小城來到省會長沙，對未來感到迷惑，對人與人的交往還把握不好分寸，求知欲強烈，想抓住一切機會去證明自己。而X從中學起就優秀，成績也好，寫作也好，進入大學後也是同學們背後討論的那個。

我們相識後，自然我成了那塊海綿，X說的每句話我都記在心裡——因為從未有人對我說過這些。X說的一切對我來說都是新奇的，他對事物的判斷，對故事的理解，為人處世總有自己的一套邏輯，所以他說的一切、做的一切，我都覺得「真是很有道理啊」，或是「他一定有自己的道理」。我就把這些都記下來，當成自己的答案。

也因為我年長一歲，所以我在和他的相處中表現也更像個兄長。

那時對兄長的概念就是——無條件包容，無條件支持，不能有情緒，人一定要好。一方面，我覺得自己在友情中能起到最大的作用就是穩定，另一方面現在想起來，就是害怕失去，於是選擇吸收一切情緒。

看過我和X的相處，別的朋友說：「劉同，你對X真的跟對親弟弟一樣。」

我說是啊，我們都是獨生子女，所以相互包容也是對的。

這樣的包容一直從大一持續到大學畢業，直到我們共同走上社會。

我開始和人碰撞，開始用自己的眼光去審視社會，也一直堅持用文字寫下些什麼。

X也會看我寫的東西，他也會表揚我寫得不錯，雖然有時只是快速看看，然後說：「蠻好的。」

至於真假，我並不清楚，我只知道他比我寫得好得多。

從一起北漂開始，我們的關係開始發生了一些改變。

我開始會試著和他討論一些現象，發表自己的看法，不再只是他說而已。我也會在朋友面前對他的決定提出一些異議，我能感覺到他的不適，但我覺得朋友之間也是需要成長和相互適應的。

事實上，現在我能想起我和X絕交的導火線只有一個。

大概是他把我只能在他面前說的話，轉述給了別的朋友，造成了我和其他朋友長達幾年的隔閡。我為此給別的朋友道歉，承認自己不應該說那些喪氣話，但我心裡告訴自己「原來那個可以無話不說，給自己100％安全感的朋友已經沒有了」。

如果友誼足夠深厚，沒有什麼能打敗它。無論男人與男人之間的友誼，還是女人與女人之間的友誼，如果你足夠在意它，就會傾盡全力去調整自己在其中的位置，好讓大家的關係能更長久。如果你毫不在意，也許也只能解釋成逢場作戲。

絕交後，我在北京便沒了朋友，一個人投入工作中，也並沒有把同事變成朋友的強烈意願，一個人簡簡單單挺好的。經過了多年的朋友與朋友之間的妥協、拉扯，突然有了鬆一口氣的感覺。只是X跟我說過的一些話，總是會重複地出現在我的人生選擇中，覺得好像哪裡都逃不過他的影子。

我跟人說起這種感覺，對方說：「你是不是愛上人家了？」

我？？？

在青春成長期，因為過於在意而紮根太深，是時候要拔出來了。

我永遠都不會忘記一個場景。

X曾很認真地對我說：「電線桿鋼索和水泥桿形成的三角形底下是不能走的，不然人會有厄運。」這句話我記得特別清楚，以至於很多年後我也極其敏感，看見了電線桿會遠遠地繞開那個三角區域。有人笑話我迷信，我也笑笑，不知道原因。

後來和X斷了聯繫後，整個人總覺得哪裡不對勁，似乎喘不過氣來。

一天，北京突然下起了暴雨，我往家裡狂奔。跑著跑著，我突然發現面前就是電線桿鋼索形成的一個三角形，我下意識要繞開它。可就在我決定要繞開的時候，突然腦子裡響起一個聲音說：衝過去吧。

我沒停留，眼睛一閉，衝了過去。

衝過去那一刻，我突然感覺自己的世界裡有一塊透明的玻璃碎了，新鮮的空氣湧進了自己的世界。

我整個人突然就醒了。我站在大雨裡，有種想大喊的衝動。我似乎掙脫了某種束縛，我從人與人固定的關係中走出來了。

此後多年，我和X再無聯繫。

我們見證了彼此的青澀、改變、成長，我們並沒有像當年一群人許的願望那樣，一直在一起。我們走在半路，選擇了各自前行。

很多年後的一天，我打開微博，看到有朋友幫他轉發了他的新項目。

那一刻我也特別想幫他轉發，寫上一段什麼話。

想了很久，還是放棄了，我現在這樣挺好的，我害怕重新回到那樣的關係中。

我也聽聞他在三十九歲那年對我們共同的朋友說：「我和劉同是那麼好的朋友，最好的朋友，因為辦了一件傻事，就這麼失去了。很遺憾。」

一眨眼，時間就過去了十幾年，聽到這些時，心裡很感慨。

雖然時間回不去了，但我們都清楚對方於自己的人生意味著什麼。

其實在寫這一大段回憶的時候，我不止一次覺得「天啊，我怎麼那麼幼稚啊，這種事情有什麼可寫啊」。

可咬著牙寫完後，又覺得「真好啊，終於把這些寫出來了」。

但凡花過時間的，都有感情。但凡投入過感情的，都值得被記錄。

那年許過的承諾是真的，那年做不成朋友也是真的。此刻覺得遇見那個朋友真好是真的，此刻覺得哪怕不聯繫但彼此還給對方留個位置很好也是真的。

誠然，以我這種不怎麼討喜的性格，我相信也一定有人早就把我拉黑了，只是我自己沒有發覺而已。被絕交和主動絕交都挺好的，都代表了「我不想你繼續傷害我」。

突然想起來，上個月，我問我爸：「咦，以前有個叔叔很喜歡和你一起玩兒，現在怎麼沒見到他了？」

我爸淡淡地說：「我們絕交了。」

我大笑起來，我爸都七十了，那個叔叔也五十好幾了，真的好幼稚啊。

我就問我爸咋了。

我爸說：「他要做生意，就問我借錢，我說借不了那麼多，只能借兩萬，他覺得我不講義氣，就不聯繫我了。不聯繫就不聯繫嘛，我年紀都那麼大了，錢當然要留著自己用！」

那一刻，我突然知道了自己會那麼容易就和人絕交的原因，原來都是隨我爸……

Chapter 07

Wish You Well

你好就好

寫這本書的日子就像回到了大學剛寫作那會兒，一年之中寫了很多東西，但寫著寫著總覺得有哪裡不對，但又不明白具體原因，索性就告訴自己別管了，先繼續寫下去再說。

就像在水泥路上發現的細微裂痕，你跟著一路看下去，自然就能看出更大的裂縫了。

如果一開始練習寫作常見的裂縫是「敘述的角度沒選對」，那此刻的寫作裂痕就是「為什麼寫起來不舒服」。

無論是乘車、睡覺，還是和某個人相處，如果一開始便得出了「不舒服」的感覺，繼續忍下去，十有八九最後還是會因為自己無法忍受而徹底爆發。

因為已經足夠了解自己的秉性，當這種「不舒服」越發明顯時，就會直接把幾萬字的東西全選，然後刪除。

二十出頭的時候會覺得心疼，現在不會了。

大概從幾年前開始，已經不拘泥於某句話、某段文字的精彩，而更在意某個感受、某個想法的有趣。所以無論怎麼刪除，有趣的東西都會像一團靈魂般存在，它會附著在任何文字裡。無論你用怎樣的文字組合，它都能冒出頭來。

隨著年紀漸長，對很多事物的認知也推翻重建，倒不是否認了過往，而是開闢出了更廣闊的視野，可以走過去對年輕的自己說：「多年後我看到的東西可是和你現在的感覺不一樣哦，因為你沒有看到一些有趣的事物，但等你過了某個年紀自然就會看到了。」

三十八歲的時候，朋友問我：「劉同，你現在覺得自己做得最好的地方是什麼？」我說：「凡事我都盡量做到三個字，想得開。想，就是能思考；得，就是有收穫；開，就是會開心。做到這三個字，很多事就不是事了。」

或許別人會給你貼很多標籤，但你給自己貼的標籤是什麼很重要——這意味著你想成為一個怎樣的人。

最近和高中男同桌深聊了一次。

他大學畢業就投身於公務員系統，參加很多考試，幾乎每次都能以第一名的成績考入他想進入的系統，從公安到廣電到人大，自學通過了司法考試，拿到了律師證，年紀不大也被委以重任，業餘喜歡籃球喜歡書法……他在家鄉這座城市過得不知疲憊，風風火火。

很多人羨慕他，覺得在這樣一個系統裡，他能一直去做自己喜歡又擅長的事。

而他在聊天時告訴我，這些年他很努力去追逐一些讓自己踏實的東西，卻常在各種上級任命中周旋。他有時候不太明白到底人生是自己把握的，還是被別人把握的。一直如自己所願還好，最怕幾年被命運擺弄一次，過幾年又被命運擺弄一次。自己年紀也不小了，他想著是不是要真的從那個系統裡跳出來，去做一些只要自己努力就能把控自己命運的事。

越來越多的年輕人想考公務員，覺得踏實。

越來越多在系統裡待久的人想出來，覺得自由。

沒有錯誤的選擇，關鍵是你是否覺得舒服。

我的人生很大程度上算是舒服的（除了創作時的痛苦糾結）。

在一家市場化的公司最大的好處是，無須看人臉色去做自己不喜歡的事，把專業範疇內的事情給幹好了，心安理得地接受公司每個月發的薪水，開每週晨會時別遲到，需要發言時認真說自己的看法，和同事們探討幾個來回，交換一下意見，更新一下對某件事情的理解。

有時開著車，就會突然告訴自己：噢，原來我的人生已經變成這樣了。

「我想過怎樣的人生，我能成為什麼樣的人？」

這個問題大概是每個人懂事初始就會問自己的問題。這個問題的答案每年都在更替，我依然不清楚自己是怎樣的人。我知道自己諸多的原則和解決問題的邏輯，然而這個世界有太多的事情我未曾經歷，一旦真的遇見那些事，我的表現又是怎樣，是我所以為的那個我嗎？

奇怪的是，現在翻開十八歲時寫的日記，上面赫然寫著：「我要和自己成為好朋友，這樣我才能告訴自己很多心裡的秘密，我才知道我是誰。」

我還寫著：「有些話不敢告訴任何人，甚至不敢寫在日記裡，我怕自己是異類，怕被人覺得是個變態，我該怎麼辦？這樣的日子還要維持多久呢？」

每個人的青春裡，總有一些屬於自己的秘密，有些隨著內心的強大而消解，有些則一直像陰影一樣晾在原地。現在看起來，當時的我能把那些文字寫下來，就是在向自己求助了。

坦誠於內心，不壓抑自己，自己幫自己熬過去。

好在我是幸運的，高二高三的時候意識到——必須通過學習這種唯一的方法去往更大的世界，接觸更多的人，也許就能找到讓自己安心的答案。

我那時很多想法都與周圍的人不一樣，這讓我覺得自己是異類。

不敢拿出來聊，更不敢跟人探討，我知道自己很不一樣，反而必須要表現出和大家一樣——其實長大了之後，遇見了好多人，大家的選擇也依然如此，與年齡並無關係。

就像我那位男同桌，在別人看來那麼優秀了，他依然在選擇與別人最大的共同點生存著，而不敢表達出真實的自我。

因為內心的苦悶，十七歲之前，我的成績就沒好過，上課從來做不到認真，也並不想研究什麼知識，學習對我來說更像是打發時間、交朋友的唯一方法而已。隨隨便便學，隨隨便便考，成績也總在中等偏下，也很自信不至於墊底。

我對成績好沒有奢求，待在一個別人看不見的地方，覺得安全。

請家教也好，參加補習班也好，我都提不起興趣。

我也曾覺得自己重要，但我沒有能力讓自己變得不同。

所以乾脆放棄重視自己這件事，能成為一個百搭的人也不錯。

十七歲前我的人生大概就這麼兜兜轉轉，我父母對我也有苦難言。

教育孩子真的難。

他們不會問，我也不會說。

就算他們問了，我也說不出口，信任他們是一回事，不突兀地表達自己是另一回事。

如果換成我做父母，大概會注意到更多的細節，說一些話讓年少的我覺得袒露內心不是軟弱的行為，讓年少的我不必擔心自己的某些想法是異類的表現。

好在，過了十幾年，當我見了更大的世界，更了解自己之後，也更在意我和父母的關係之後，我會坐下來和他倆聊曾經的自己，從小到大的糾結，將自己的所思所想一一表露。

有些朋友驚訝於我和父母的關係如此親近，他們和父母的親密早就在進入大學之時停滯了，此後的交往不過是親人間的正常互動而已。他們希望自己和父母的關係能得以改善，卻在一兩次的互不理解中放棄溝通。

那是二十八歲某個凌晨的三點。

我和父母因為成家這件事已經對抗了一整年。

以前的我，幾乎每天都會和父母通電話，當被不停催促之後，我開始對他們有了抗拒，然後牴觸，二十八歲那一年我幾乎沒有和他們聯繫過。

終於放假回家，我在外面待到三點才回。

我媽還在客廳等我，我問：「妳怎麼還沒睡？」

我媽說，她感覺我情緒很不好，問我到底是哪裡出了問題。

這是那麼多年以來，我媽第一次主動關心我的情緒。以前他們總是要求我成績變好，要求我去參加學習班，要求我必須學醫，要求我必須回老家工作。

本來我想說：「沒事，妳去睡吧。」

但想了想，如果再不說，以後就不會有機會說了，我們都把自己封閉起來，母子的關係也就止步了。

我對我媽說：「媽，我告訴你們我的真實想法，目的並不是要說服你們，而是我覺得作為最親的人，你們有必要知道我內心的想法。不然未來有一天妳和我爸走了，你們才知道真正的我，那時就算是你們說你們明白了、懂了，我也聽不到了，這才是父母與子女之間最大的遺憾。」

那晚我和我媽聊到了清晨。

她了解到我對很多事情的看法，明白了我很多選擇的前因後果，也知道了我對未來的規劃。

她說她和爸爸對我最大的擔心，是怕我照顧不好自己，所以才有這樣或那樣的安排。他們以為我的不開心只是口頭說說而已，就像我說我不喜歡吃魚腥草，但為了他們忍忍也行。

可我能看見的人生多數都是在他們的規劃中度過的。

他們怕我考不上大學，就幫我報了成人高考，考醫學。

我遵循他們的想法備考，參加，通過了。

但幸好，我考上了大學。

他們擔心我工作不好，逼我回老家單位工作。

我遵循他們的想法備考，參加，通過了。

但幸好，我努力考的湖南電視台也通過了，留在了長沙。

他們每一步都是「為我好」，我也知道他們是「為我好」，但他們並不知道我想要過的人生是怎樣的，他們只覺得我需要過安全的人生。

見到的世界多了之後，我也慢慢成了「知道自己怎樣才能好，也能為自己好」的人。

我不需要別人告訴我「這樣是為了你好」。

嗯，「為你好」不如「你好就好」。

那晚我很認真地告訴我媽：「我能過好自己的人生，我也能照顧好你們的人生，我有自己的選擇，我為自己的選擇負責，我不怕告訴妳真實的我，因為我是妳的兒子，我的命也是你們給的。你們理解不理解很重要，但我告知你們真實的我更重要。」

我媽問了我很多問題，我都一一解答給她聽。

我告訴她所有的擔心都不需要擔心，她所有的疑慮都能得到解答。

我能對自己負責，並不是一句空話，她看到了我為此付出的所有。

最後我媽說：「你好就好。」

然後這些年就這麼過來了，現在我們的關係和我們在一起的時光比之前愉快多了。

許多朋友都問我：「為啥你每天都那麼開心？」

我說因為我和父母關係變好了，他們也不給我壓力，我發現人生裡能把自己和父母的關係處好，真的能讓人輕鬆很多。

當有朋友繼續詢問細節的時候，我就會把我和我媽的溝通跟他們說一遍。

大家就會很羨慕我有一個這樣的媽媽。

然後他們就會繼續問：「那你爸呢？扮演什麼樣的角色？」

我爸？我應該認真地寫一寫我爸。

Chapter 08

Come to Your Side

披星戴月來見你

我很少寫爸爸。

大概是從小到大，都是媽媽在我耳邊嘮叨，忙個不停，在記憶裡留下好多身影殘像，隨便寫哪個都可以洋洋灑灑寫上好幾千字。

而爸爸幾乎是在寫媽媽的時候，順便帶出來的一個配角。

媽媽為什麼會變成這樣啊？是因為爸爸那樣。

媽媽為什麼要這麼做啊？是因為爸爸一直的習慣。

以前我以為媽媽是我和爸爸之間溝通的橋梁，我和爸爸所有的訊息交流都是通過媽媽傳遞的，人生重大的決定都是先和媽媽說，再讓媽媽和爸爸說，打了預防針後，再三個人一起說。

一旦爸爸表現出不快，我就站起來：「我就說了吧，不跟我爸說就是對的！」

每次都這樣，越發覺得對爸爸有些不公平。

這分明就是在逼他妥協嘛。

但也側面說明了，媽媽對我和我爸關係的重要性。

從我求學的事情上就可以看出來。

無論是初中、高中還是大學，我爸的意思都是那種「哎呀，能讀哪裡就讀哪裡吧，反正他就是這個樣子」。

我媽一聽就很氣：「這不是我一個人的兒子，這也是你兒子，你怎麼可以那麼隨便！」

我爸就會說：「我小時候還不是一個人出來闖的，都是靠自己，什麼環境都沒關係的，他厲害就自然會厲害了，不厲害你把他送到了中南海都沒有用啊。」

我媽更氣了，一邊氣一邊抹眼淚：「你送啊你送啊，你送到中南海給我看看啊！」

我在旁邊感到莫名其妙，這有什麼好吵的呢？

我既不對未來感到擔心，也不為自己感到羞愧——我去哪兒都行，反正去哪兒我都不行。

之前的文章裡說過，我好幾次升學擇校我媽都交了不菲的費用。

我大學選擇讀中文系，我媽也是冒著和我爸作對的風險幫我做了決定。

我到北京工作幾年後，我爸覺得不應該把家裡的存款掏空幫我在北京交房子的首付，他覺得老家給我留一套房子就夠了，還是那個意思——父母的義務就是養大孩子，不是讓孩子過得無憂無慮。我媽死活不同意，把家裡各種存款給我取了出來，湊了首付。

可想而知，雖然我和媽媽日常摩擦超多，但我牢牢謹記——在我人生的各種重大轉折上，我媽的決定都是向著我的，且事後證明是對的。

那爸爸到底在我的生活中扮演的是什麼角色呢？

我和爸爸真正走近是我三十歲那年。

一句話概括就是，那年我參加了一個訪談節目，爸爸在節目上委屈地哭了。我才知道他希望我能在他看得見的地方生活，不是為了控制我，而是怕我過得不好，想力所能及地照顧我。

那之前，我看見爸爸都是能躲就躲，也不想聊天，好像談任何事情都能吵起來。

那次之後，爸爸的樣子才在心中明晰起來。

噢，原來他是那個樣子的。

雖然我是三十歲之後，才慢慢開始了解爸爸的，但我也覺得不晚，因為那時的我才開始能理解他很多做事的邏輯。

我以為我只要彌補錯過的那些年的爸爸就行。

萬萬沒想到，當我和我爸像朋友一樣相處後，我不僅要彌補那些年錯過的他，我還要跟上當下的他那紛繁複雜的步伐。因為我爸做的好多事都超乎我的想像，以至於有時看到他的所作所為，我都會冒出「啊？這也可以」的念頭。

我爸不論是交際、想法、做派、喝酒，全都比我瀟灑。

我很多朋友接觸過我爸後，都搖搖頭對我說：「你啊，根本就不如你爸啊。」

沒關係，沒關係，我也挺開心的。

尤其是現在我爸天天刷新我對他的認知，也是一種蠻奇妙的體驗。

三十二歲那年，我拿出全部積蓄給爸媽在老家換了一個帶後院的屋子。

我對我爸說：「那個後院雖然不大，但可以找個園林公司規劃一下，哪裡種什麼植物，分布排列一下，春夏秋冬都會心曠神怡。」

我爸說：「別找人了，我自己弄。」

我：「你會嗎？」

我爸：「這有什麼不會的。」

過了幾個月我再回家，發現院子裡布滿了一小叢一小叢、一小蔸一小蔸的植物，還有很多地方只插了幾根樹枝。

我問我爸：這些能活嗎？

我爸說可以的可以的，絕對沒問題。

等又過了一年，到了春天。

院子裡各種綠色炸鍋了。

各種植物交織生長、毫無章法，一個下腳的地方都沒有。

放眼望去，根本就不像是在自家的後院裡，更像獨身處在荒郊野嶺一隅。

我站在後院才三秒，就感覺全身的熱血一湧上頭，快暈倒了。

那是一種心裡充滿期待又立刻被失望擊敗、努力過後又備感委屈的感覺。

我那麼認真地希望父母居住環境能好一些，所以才傾盡所有買了一個這樣的房子。

我那麼認真地給我爸意見，希望給他修葺出一個四季如畫的花園。就算我做不到百花爭艷長林豐草紛紅駭綠蒼翠欲滴，起碼也能搞出個花團錦簇春意盎然吧！

沒想到眼前一片狼藉，荒腔走板。

我哭喪著問我爸：「爸，你這種的都是些什麼啊，全是雜草，烏七八糟的。」

我爸反問我：「雜草？你知道這都是些啥嗎？」

我：「我怎麼會知道！我只知道太難看了！能不能全部清理掉，我給你搞些木繡球、粉薔薇，哪怕打一些椿種紫藤也好啊。」

我爸對我招招手：「我帶你認一下它們，長長見識。」

我跟著我爸站在院子中央，他開始介紹各種植物。

這些植物在我看來都長得一個樣，但從我爸嘴裡就變成了：「這是紫花地丁，那是八棱麻，這個芋頭你沒見過？這是薄荷啊，這個是野菊花，這是石榴，這個是桃花，這個小的梔子花，這是香椿啊。這個是玉蘭，這是艾葉，這個是山茶，這是柚子，那是紅葉石楠，這個是黃花菜，這個是大麗菊，這是杜鵑花，這個是景天三七。睡蓮旁邊是紫珠，上面是虎耳草，這個是月結籽，這個是獼猴桃，芭蕉啊，那個是水蠟燭，這是木瓜，那個是蘭花，葡萄啊。桂花你認識。紫藤我種了。那個是無花果，我們吃的絲瓜，這是拳瓜，紫蘇啊，那個是荷花，這個是櫻花，這是蜜橘，那個是三角梅，這是黃精，還有海棠，苔蘚你不認識嗎……」

我爸一直說著，我腦子已經糊塗了，如果沒記錯的話，我爸在一個幾十平方公尺的院子裡種了不下五十種植物。

很多都是他從野外山裡路邊採來的，慢慢地就長了很多出來。

雖然這麼問顯得我很無知，但我確實也不太明白我爸把這麼多植物種在一起是為了啥？

我爸眉頭一皺：「都是草藥啊！都很有用的！」

我：「為什麼自家院子裡要種那麼多草藥！！！你是在預防世界末日嗎？」

我爸搖搖頭：「你不懂！很有用的。」

於是，這一次交鋒以「你不懂！很有用的」作為結尾結束了。

雖然我爸並沒有完全說服我，但他的自信讓我覺得他好像真的在為世界末日做啥子準備似的。

直到某一天（我剛好在老家拍攝電視劇），劇組的一位演員屁股上長了一個巨大的火癤子，痛到不行，一碰就哇哇叫。

到了不做手術清創就熬不下去的程度了。

但如果一做手術，就拍不了任何戲了。

我就給我爸打了一個電話：「爸，怎麼辦？同事火癤子痛到不行了，完全不能坐了，除了做手術還有什麼方法可以緩解一下嗎？」

我爸緩緩地說：「做什麼手術啊，你現在回家來，我給你扯一些桃葉，你讓他放到嘴裡用唾沫嚼爛，敷在癤子上，一晚上就好了。」

我：「……開不得玩笑。」

我爸：「說了你又不信。」

我將信將疑地拿塑料袋扯了半袋子桃葉給同事，很尷尬地告訴他如何使用，邊說邊給我爸找退路：「我爸說這樣可以稍微緩解一點，但還是需要做手術的。」

演員拿過袋子，臉上寫著「只要能好，你給我一棵桃樹，我現在都可以全部吃掉」的決絕。

「別吞下去了，嚼了，敷患處……如果不行，再去醫院。」

臨走前，我再三交代。

第二天一早，演員給我打電話。

「咋了，要去醫院了嗎？」

「不是！！！一覺醒來就不痛了！消膿了！太神奇了！我還要一整袋桃葉！」

我整個人呆住，甚至有些感動，我感覺我爸拿了一個男一號的劇本，就是那種神醫流落民間終於被皇上發現的情節。

但因為這事並不是我的親身經歷，所以我也只是些許開心而已。

今年年前，我不小心摔到溝裡了，腳踝韌帶撕裂，腫得老大，在醫院開了各種中藥，又在床上躺了半個月，出門工作還必須拄拐。

我心想著趕緊在過年前康復，回家的時候不會讓家裡人太擔心。

等到在劇組過完除夕夜，第二天我打算回一趟家，右腿雖然能下地了，但還是隱隱作痛。

我心一橫，把拐杖給扔了，咬著牙一瘸一瘸地回家了。

等我回到家的時候，我的右腳又腫了，我不得不臨時又買了一根拐⋯⋯

我爸看著我齜牙咧嘴的，毫不在意：「沒事啦，今天大年初一，我就不給你換藥了，大年初二我再給你搞服草藥咯。」

然後我爸一直勸我陪他喝酒，說喝白酒可以活血化瘀⋯⋯我信他個鬼啊。

不過喝了幾杯白酒之後，整個人就暈暈乎乎了，真的感覺不怎麼痛了。

第二天一早醒來，我爸就已經把草藥給我準備好了。

一碗綠糊糊的、散發著刺鼻味道的草藥。

「這是啥東西？」

「院子裡採的八棱麻，我用油稍微加熱了一下，把藥性散出來。」爸爸一邊說，一邊用紗布和繃帶幫我包紮。

我想起小時候，一發燒，就是媽媽用幼兒針頭幫我扎針推葡萄糖水，然後給我講故事哄我睡覺，等我醒來，我媽還在幫我推葡萄糖。

沒想到現在我都這麼大個人了，輪到我爸給我包紮了。

我爸幫我包紮完畢，又給我腳上套了一個垃圾袋，說這樣裡面的藥汁不會沾到襪子上，也不會散發出味道。

我將信將疑，沒想到敷了一整天之後，腳真的就不腫了，也不痛了。

我爸連著幫我敷了三天，看了一下我的狀況就說差不多了，休息兩天就行了。

「爸！你也太厲害了吧！怎麼懂那麼多？」

「你忘記你拍電視劇的時候，我不是還教你的演員如何在山上認草藥嗎?!」

我突然想起來，那時有一集劇情是男主角需要帶好朋友上山，邊走路邊給大家介紹各種中草藥。

我就提前一天帶著爸爸進了山，告訴他我們要拍攝的那條小路，我爸走了不到二十公尺，就告訴了我十幾種草藥。

那是路邊荊，治感冒很有療效。

旁邊是艾葉，驅蟲解毒的。

這是烏藥，利氣打屁止痛的。

那個是葛根，花可以解酒。

那個好看的是菝葜，祛風利濕，解毒消腫的。

哦，這裡還有梽木，消炎止血的。

說著，我爸亮出了他的一節手指，有明顯的刀疤，他得意地說：「看，小時候我砍竹子，差點砍斷了自己的手指，就是敷這個敷好的。」

同事們在旁邊記錄，嘖嘖稱讚。

他們說：「同哥，你爸好厲害，你咋一點都沒學到呢？」

我心虛：「學不懂，學不會，沒能力。」

以前我並不覺得學醫有什麼了不起，現在越發覺得幸好自己沒學醫，不然真的會把我爸的臉丟光。

回劇組的前兩天，我問我爸：「你不是外科醫生嗎？怎麼會知道那麼多奇怪的草藥偏方？」

其實我很少問我爸一些他人生的問題，他也基本不說。

但隨著我和爸爸的關係越來越近之後，我會發現原來很多事情我會那麼去處理，完全是隨了爸爸的性格。

只是更多時候，爸爸身上有很多優點，我卻完全不知道它們都是怎麼來的。

以前，因為我抗拒學醫，所以連著我爸所有和醫學相關的知識和經歷我都不想了解，以至於我對我爸的了解也只有小時候他和朋友的相處，以及他用大自行車載著我到處去玩的記憶。

我對爸爸的了解只有我能看到的部分，但並不知道他一路走來的過程。

我知道他十六歲開始在醫院的中藥房當學徒配藥，但不知道後來又怎麼去學了西醫。

我知道他曾經去上海瑞金醫院臨床進修了兩年，但為什麼會派他進修我不知道，他進修得好不好我也不知道。

我知道他在醫院當上了外科主任，知道他後來在醫學院當教授教臨床醫學，退休後去援疆，回來後又返聘回醫院，每週坐四天的門診。但他這一路是怎麼走的，為什麼要這麼做選擇我也不知道。

他明明是我爸，但我卻一點都不了解。

他覺得把我生下來養活就夠了。

奇怪的是我也這麼覺得，他是我爸就夠了，我幹嘛要那麼了解他呢？

所以我也從不跟他說自己的事情，常年一個人在自己的人生旅途上摸索著，這一步要做什麼，下一步呢？去哪裡？

當我希望我和他更親近一點時，我問他，退休後為什麼不好好休息，要去援疆呢？

他說他以前就答應過那邊的同事們，說自己退休了一定會去。他也喜歡。

我又問他：為什麼退休了還要坐門診？

他說他只是熬到可以不工作也能領退休金的資格，但不代表他沒有工作能力，也不代表他不想工作了。

我爸在很多問題上比我以為的想得更通透。

我四十歲那年，有些惆悵，覺得自己怎麼突然就長這麼大了呢？

我爸說：「只要我沒死，你就永遠是小孩子。」

我在他面前真的就是個孩子。

現在的他會帶著我去參加他朋友和老鄉們的聚會，讓我在旁邊斟酒裝乖買單。

他也會出差到北京再告訴我，發現我不在北京，會要求我幫他約幾個朋友帶他吃飯。

我也常會在劇本提及醫學問題的時候，直接撂個電話給他，問他各種醫學相關的蠢問題。

諸如「什麼病得了會失憶，但又不會那麼快死？」

「什麼病已經病入膏肓了，表面上卻看不出來？」

「心臟病晚期是什麼表現？什麼時候就必須要做換心臟手術了？」

「癌症有什麼好的治療方法嗎？心情好是否真的有助於恢復？」

我問的問題非常外行，可爸爸也總是很耐心地回答。

我是什麼時候開始和我爸無話不談的呢？

我想大概是早幾年，我和他因為某件事價值觀不符，在客廳吵了起來。

但誰都不願意先離開，誰離開就證明誰慫了。

我和我爸就這麼坐在客廳裡假裝看電視，各自肚子裡都憋著一股子火。

突然我聽到客廳裡發出了一聲奇怪的「咯嘣」。

我四下觀察，想辨別出是什麼聲音，然後就沒動靜了。

餘光瞟到我爸，我爸正襟危坐，彷彿一切都很正常。

我思索了半天，又瞄了一眼我爸，突然意識到了什麼——我爸因為生悶氣，咬牙切齒，就把他的一顆假牙給咬掉了，但又害怕被我發現，就默默地含在嘴裡。

想到這一點，我就綳不住了，立刻朝我爸撲過去，雙手一拍他的臉：「來，你輸了，把假牙給我吐出來。」

我爸整個臉紅彤彤的，躲不過去了，只得把假牙給吐出來。

然後我立刻帶他出門補牙去了。

一路上，我都在嘲笑我爸，我爸就窘著一張臉，大概從我雙手拍他臉的那一刻，我和他就像朋友而不再像父子了。

「你為什麼會知道那麼多中藥的偏方呢？」

我爸抿了一小口酒回答我：「我是工作之後好多年才上大學的，之前沒學過醫，也不怎麼看得懂書，所以就只能跟在各種老醫生後面學。他們也不一定會教，但是只要他們需要我做事，我什麼都做。通下水道、修電路這些我倒是很拿手。一來二去，他們就覺得我這個人還蠻能吃苦的，又愛學習，就有事沒事教我一下，我就都拿筆記下來。

有些偏方，沒有經過科學驗證，而且老醫生也都不外傳，只是老醫生覺得我很親，所以在走之前覺得應該給我留一點東西，就教給我了。」

「那為什麼你又能讀大學呢？」

「我在單位工作很努力的，什麼事情都做，不僅自學醫書，還自學電路圖，所以我一邊學當醫生，一邊還是整個醫院的電工。我那時還是基幹民兵的隊長，射擊比賽也是第一名。因為各方面表現蠻好，那時全國都在推薦優秀的工農兵上大學，單位就推薦我去了。」

「學得好嗎？」

「學得好啊，所以回來之後單位又立刻推薦我去瑞金醫院進修了。你不是小時候有兩個暑假都是在上海過的嗎，你忘啦？」

「那你在瑞金醫院學到了什麼嗎？」

「學到了很多啊，我回來後有一陣被誤診成白血病，高燒不退，你媽每天哭。後來才知道那是放射病，因為我在瑞金醫院的時候為了猛學放射技術，雖然一週只去X光科值班兩次，但每次都搶著幫師傅做X光，一天可以做好幾十個。次數多了，那個防輻射的衣服也沒什麼用了，身上的白細胞都被殺得差不多，一回來就倒下了。」

這些問題都很簡單、幼稚，不應該是我問我爸的問題。

進入傳媒行業後，我製作了好多訪談節目，我對任何嘉賓的提問都比以上的提問更飽滿、更得體。我了解那些嘉賓甚於我爸，我和他們談笑風生，聊著他們的童年、家常、往事，就好像是他們人生的共同親歷者一樣。

而面對我爸，我卻像個提問水平低劣的主持人。

「怎麼做到的？」「心情好嗎？」「經歷了什麼？」「怎麼想的？」提那些問題的時候，我自己都很羞愧。

但如果不這麼問，我也不知道該如何開口才能更了解他一點。

其實我對父母都有這樣的愧疚，說是世界上最親的人，卻不知道他們這一路是如何披星戴月趕來的。

但好在，他們身體健康，依然瀟灑，而我真的已經長大，已經懂得如何與他們待在一起更快樂了。他們在我面前也不再擺出父母的姿態，也讓我更了解真實的他們了。

比如我爸看我裝修完房子沒什麼積蓄了，就對我說：「你不用給我零花錢啦。我的錢根本用不完，本來想打牌輸一點的，但總是在贏，沒辦法。」

比如我爸穿著那件很大的羽絨衣說：「你給我搞的這個張藝謀冬奧會穿的羽絨服很瀟灑，以前我去醫院上班都懶得擠公車，自從有了這件衣服之後，我都不需要你媽媽開車送我了。天天穿給別人看。」

比如我爸有一天主動打來電話，我立刻接起。

我爸在電話裡一直說：「喂喂喂，聽得到嗎？」

我說：「我能聽到，你能聽到我說話嗎？」

我爸一直「喂喂喂」，過了幾秒，他就說：「我的電話有問題，聽不到別人說話，但別人可以聽到我說話，你可以聽到我說話對吧，我沒什麼別的事，就是告訴你我的手機壞了，你給我寄一個新的回來吧。」

我：「……」

這就是我爸。

Chapter 09

Next Life

換一種方式 繼續生活在一起

最近這些年，我和幾個好朋友會一起帶著父母出去旅行，年年如此，樂此不疲。我們開心，父母也成了朋友，他們也開心。

去年我們一起去了海南。

最後一個晚上，大家圍坐在海邊，躺在椅子上喝酒。十幾號人，在海風的吹拂中，格外溫馨。

突然達達的爸爸感慨了一句：「等二十年後，我不在了，也希望你們這些好朋友能一直在一起啊。」

達達爸爸說完這句話，整個場子頓時尷尬。

果然達達的媽媽生氣了，開始批評達達爸：「你怎麼回事噢，大家開開心心的，你說什麼死不死的，多不吉利啊。」
達達爸爸很尷尬啊。
我因為喝了酒，整個人的感受也莫名其妙了不少。
然後我接著達達爸爸的話說：「達達爸爸，不可能的啦，二十年後你肯定還在啦，但是五十年後我估計爸爸媽媽們都不在了吧。不過那時，你們也放心咯，我們這些朋友還是會聚的，我們都會帶著各自爸媽的骨灰一起出來玩。」
我本想救一下達達爸爸的，沒想到場子瞬間冰凍住了。
我只能硬著頭皮繼續，我的手往旁邊的台階上一指：「到時爸爸媽媽們的骨灰就都放在那兒，放一排，別人肯定會嚇到，所以我們要給你們換好看的盒子放骨灰才行。」
我媽立刻跳出來大聲說：「你在說什麼鬼啊，什麼骨灰不骨灰啊，你喝多了吧！」
我媽拚命攔住我的姿勢，就跟女排打世界杯似的。
好朋友們眼看不對，趕緊一起胡謅。
Will說：「對，如果誰過生日，我們就把誰的骨灰放在那個彩球裡，過了十二點，啪，骨灰就從球裡炸出來，特別喜慶。結束了，我們再收集起來就好了。」
「但是……骨灰都一個顏色，萬一分不出來誰是誰的怎麼辦？」我煞有介事地問。
「那就給爸媽的骨灰染色，喜歡紅色就染成紅色，喜歡藍色就染成藍色。媽，妳喜歡什麼顏色？」我轉過頭問媽媽。

剛剛還在罵我說話不吉利的媽媽被問到這個問題，立刻陷入了深思，然後說：「你給我染成粉紅色吧，我喜歡粉紅色。」

然後爸爸媽媽們開始給自己的骨灰選起了顏色。

如果當場有外人在，一定會被我們這些奇怪的對話嚇一跳。

但無論是當時，還是現在我寫下來，我都覺得有一種莫名的幸福感。

這種幸福來自我們可以和父母用有趣的方式來對待死亡這個話題，作為他們的子女，覺得幸福。

從海南回來，一天我和爸爸也在喝酒（我爸很喜歡喝酒就對了，只要看見我，就讓我陪喝酒）。喝著喝著，我和他就聊起來，如果有一天他走了，骨灰我該怎麼處理，才能顯得我們更親密。

桌上其他的人都聽傻了。

我說：「爸，我想了一下，分四個部分吧。你一半的骨灰我埋在院子裡的那棵大樹下面，這樣你就可以長在樹裡繼續為我們遮風擋雨。還有一些，我帶回北京，埋在北京家裡的植物盆裡，你可以每天看著我。剩下的我搞一些帶在身上，裝在一個地方，可以帶著你到處出去看看。最後一份就留在家裡，好好休息。你覺得我這種安排妥當不？」

我爸嘿嘿一笑：「最好分五份，還有一份你幫我埋在老家，我要埋在爺爺奶奶旁邊。」

大家根本不知道怎麼加入我和我爸的聊天，大概覺得這對父子喝了酒瘋了吧。

我媽依然生氣地看著我和我爸，大概的意思是：「你們是不是瘋掉了，怎麼好好的，又說起了這些事情？」

我爸對我媽說：「好了好了，也帶著妳的一起，可以吧？」

我爸看著我，我立刻對我媽說：「我給妳買更貴更好的瓶子。」

我媽翻了一個白眼：「誰要跟你們到處跑，死了之後還累得要死。」

死亡是難過的事情嗎？任何死亡都是難過的事，但如果一早做好準備，用不同的方式來等待死亡，不懼怕死亡，或許我們和親人之間的關係會變得更好。

死不是離開，而是換了一種方式繼續生活在一起。

Chapter 10

My Hardest Three Years

人生最難這三年

沒想到，我的三十八、三十九、四十歲這三年會過得那麼艱難。

哪怕是我此刻寫下這些文字，我整個人依舊處在不可名狀的低氣壓裡。

《晨間直播秀》裡有一段台詞大概是這麼說的：

很多人的人生都被「應該」綁架了，每句話的開頭都是「你應該」，你應該追求更多，你應該想得更遠，你應該對自己有更高的要求。

為了這個「應該」，我們自己都不知道自己要的是什麼。

美劇裡的主角尚是如此，那我長期處於低氣壓的焦慮裡，似乎也是正常的。

三十七歲那年我完成了小說《我在未來等你》，三十八歲那年將小說改編成了同名電視劇，播出之後獲得了不錯的口碑，入選了豆瓣年度十佳華語電視劇。

按道理來說，我做了自己不曾做過的事，也完成了，完成的結果還不錯。

但事實是，每當提到這部電視劇，周圍就會說：「口碑好又怎樣，還不是沒紅。」我就會說：「一年那麼多電視劇，能拍完就不錯，能過審就不錯，能播出就更不錯，播出了還能收穫好的口碑已經很難了，這幾年也數不出幾部特別紅的電視劇，不是嗎？」

但一個人的時候卻總是會想：主創認真，演員認真，喜歡的人也都喜歡，但就是沒有引起更多人的興趣，肯定是哪裡出了問題。是不是我的判斷出了問題？

這個念頭一旦有了，就再也揮之不去了。

前些年，電影《誰的青春不迷茫》上映時口碑也不錯，但票房也沒有達到預期，我就和人討論過這個問題，覺得是自己在某些方面沒有堅持，才導致了這個結果。

過了兩年，事件又重演了一次。

我不敢和其他人去聊這件事，我怕他們對我失去信心。

我也不敢自己總是去想這件事，我怕自己也對自己失去信心。

無論是別人還是自己，一旦產生「算了吧，我也就這樣了」，就可能真的再也沒心氣了。

所以當《我在未來等你》播完之後，我馬不停蹄地又開始了新的電影劇本的創作。朋友都覺得：「劉同，你怎麼那麼有精力？」

其實我心裡就只剩了一口氣：我要再寫一個好的劇本，我要證明自己是可以的。

後來的一年半裡，我就沒有休息過，帶著同事們每天開會。

花了三、四個月寫完一個娛樂圈的故事，公司覺得「太飛了」，除非是沈騰寫的，他來演大家估計會相信，否則沒人會相信你。可他會來演嗎？

本想繼續修改，但其實我也知道，但凡一件事情企圖用修改來獲得重生，不僅失去了這件事本身的意義，而且很大概率不可能會有結果。

那就推翻了全部重寫。

又花了五個月寫完一個母子感情的故事，公司的反饋是「太假了」，沒有人會相信，除非是文牧野寫的，他自己來導……

行，那就推翻再來。

又花了半年寫了一對好朋友交換器官延續生命的故事，公司說「感覺就很像外國的故事，不像中國的故事」，除非……

每一個他們說的「除非……」其實都有道理，我也沒覺得他們故意在針對我。每個人都有一兩種讓別人相信的能力，但還沒被證明過有某種能力的我，不被相信是很正常的。

我那一年多就像得了失心瘋，越是被否定，越是想證明。

白天開會皺著眉頭，晚上一個人寫東西時幾近崩潰。

我開始變得少言寡語，說話前都開始嘆一口氣，我非常清楚地知道這樣下去不對，這麼下去我就要完蛋了，但我並不知道如何停止，也不知道停下來之後我要往哪裡去。

停下來就是承認自己不行了，所以就必須一直跑著，跑錯了方向也不要緊，尷尬地笑一下，再換個方向就好了。

直到有一天，家裡人給我打電話，說外婆身體快不行了，如果可以，回來陪陪她。

我立馬收拾了東西就回了湖南。

跟公司請假的時候，就說了一句話：「既然公司覺得之前寫的都不行，改起來也太費力，那就都斃了吧。我回去陪陪外婆，我再好好想想哪裡出了問題。」

過去的一年半，日夜顛倒加班寫出來的東西，瞬間就什麼都不留。

我果然是真的不行。

不知道是不是人已經熟透了的原因。

以往遇見問題，總覺得還有時間，還有機會，還有自己未知的部分可以去探究。

可一旦過了某個年紀，腦子裡就有了兩個自己在互毆。

一個說：真的沒關係，慢慢來，別停下來就能過去。

另一個說：沒時間了，別死熬了，沒有意義，為什麼非要較這個勁。

以前旁人對自己洩氣，都可以置之不理。

現在自己洩氣，真是一刀斃命。

我想拍電視劇之前，和領導有過好幾次的深聊，領導覺得我不應該自己從頭去開發劇本，太浪費時間，太耗費精力。我應該用自己的經驗去管理更多的影視項目，比起一個埋頭苦幹又不能保證準確度的創作者，他更希望我能成為一個合格的職業經理人。

在幾次爭論之後，我和領導達成了一個共識——我在公司工作十幾年了，請給我一次做砸的機會吧。如果我自己做的一個項目砸了，我就再也不較勁了。

領導默認了。

雖然過程痛苦，但心存感激，外界很多公司在疫情之下各種動盪，而我還有機會做一件自己想做的事情，不把握好機會，以後就真的沒有其他可能性了。

回到湖南，白天去醫院看外婆，外婆九十三歲，躺在病床上已經說不出話了。在沒有躺上病床之前，她聲如洪鐘，健步如飛，雖然阿爾茲海默病讓她在幾年前已經忘記了我，但小舅說這幾天外婆突然會喊出我的名字，問我在哪兒。

我在哪兒呢？

我坐在病床旁看著外婆，腦子裡一團糨糊。

我也不知道我在哪兒。

寫不出能說服公司的劇本，浪費了和我一起合作的同事的時間，熟人一直問你的新項目什麼時候出來，老家的人看見我也問最近又準備幹什麼事。

我在一團迷霧中打著轉，分不清方向。

工作沒有完成，寫作也被擱置，哪怕出版了新書也提不起精神去面對紛至沓來的宣傳。

「我覺得你應該去看看心理醫生。」關係好的朋友喝了一杯之後，很認真地對我說。

我很驚訝地看著他，確信他不是在和我開玩笑。

「你已經很長時間這個狀態了，如果再不消解，持續硬撐，我怕你突然就死了。」

我大笑起來。

他很嚴肅地看著我：「我沒和你開玩笑。你最好約個心理醫生看看，到底哪裡出了問題。」

其實現在想起來，我的大笑有掩飾自己害怕的成分。

我怕自己真的有了心理疾病。

但應該不太可能，我凡事都做最壞的打算，從不高估自己，也沒什麼自尊可言。活著，盡力，享受一切感受，是我的生活原則。

「我能先和M聊一聊嗎？如果M也認為我有問題，那我就去。」M也是我們的好朋友，情緒穩定，看事準確，不急不躁地做著自己喜歡的事。

和M通電話時，我語無倫次，不知從何說起，好像說了自己的困擾，又好像沒說到點上。

「我已經快兩年都不開心了，我是不是出了問題？」這麼問，M也糊塗。

「我寫的劇本都被公司斃了，我是不是不該繼續寫了？」這麼問，或許M更明白。

M突然反問我：「你以前寫了那麼多東西，寫了十幾年，頭十年你周圍90%的人都嘲笑你，覺得你的東西寫得不好，你心情被影響了嗎？」

M這麼一問，我也一愣，好像並沒有。那麼長的時間，那麼多的否定，都沒有讓我退縮，也沒有影響我的心情，所以證明我並不是因為被公司否定才心情不好的。

「那我的心情到底是被什麼影響的呢？」我也在問自己。

我的腦子飛快地轉動，像個離心機一樣，試圖立刻把各種困擾分離，找出真正影響我的那個東西。

「我換個問題問你吧，這幾年你最開心的瞬間是什麼？或者最安心的瞬間是什麼？」M問。

我立刻就想起來了，我告訴M：「是當別人說我寫的東西不夠好時，而我的搭檔以及我最信任的出版夥伴卻告訴我，我寫的東西沒問題，讓我不要管其他人意見，可以繼續寫的時候。事實證明，他們和我都是對的。他們非常能給我安全感。」

M：「那你這幾個本子，他們是怎麼說的呢？」

我突然意識到了什麼。

我：「他們欲言又止，覺得不夠好，但為了保護我的自尊心，他們又不會明說，含含糊糊，讓我覺得非常不被信任和尊重。」

我繼續：「其實我是一個很自信的人，我也是一個很相信夥伴的人，一旦我最信任的人不再相信我，也不再和我說實話，把我一個人晾著的時候，我才會對自己越來越失望。其實我並不是對寫劇本這件事情難過，也不是害怕對不起公司，我是覺得自己不被最信任的人信任了……」我在自言自語中找到了影響我情緒的最根本的核心。

和M掛了電話，我立刻給我的公司搭檔和出版夥伴分別打了電話，直接說了我的感受。

我把所有的情緒一股腦地說出來：「當我把我寫的東西給你，你看完並沒有告訴我哪裡好，也沒有告訴我哪裡不好，你只會說『嗯，我覺得有點怪』的時候，我就覺得你在迴避，我希望聽到你們真實的感受，這個對我而言最重要。」

在這樣的溝通中，我得到了一個答案：「結束上一個項目之後，你特別想做一個不一樣的東西，不一樣的題材，於是你一直在編故事，越離奇越好。但你真正的優點是你的內心感受，無論是《誰的青春不迷茫》的日記，還是《我在未來等你》中三十七歲的你遇見了十七歲的你，都是你很想表達的內心世界。一旦你脫離了自己的內心表達，別的東西就很不真誠，我覺得怪，就是不真誠，不是真的你了。」

我瞬間就理解了。

只是我花了將近兩年的時間才知道。

我曾以為是自己能力不夠的問題，也曾以為是公司對我苛刻的問題，也覺得是辜負了同事的問題，還覺得是不被搭檔信任的問題，其實真正的問題是我不夠真誠了。

並非說真誠就能解決一切的問題，但真誠是做一切事情的前提。

沒有這個前提，都沒有被評價好與壞的資格。

而我，早些年每天都覺得自己被越來越多的讀者接納，是因為他們在文字裡看到了我的真誠，我也很感激他們的看見。可轉眼，我就忘記了自己為什麼能一直走到這裡。

推翻所有，重新開始。

白天在醫院，晚上動筆寫故事。

一週之後，我給公司交了一篇故事《我們的樣子像極了愛情》。

沒有劇作的起承轉合，沒有人設的反差設定，只有我想表達的情緒和諸多細節。

同事看完告訴我：「同哥，你回來了。」

公司看完告訴我：「這才是可以被拍的東西。」

我以為我會非常激動，但我沒有，公司明確可以立項做電影的時候，晚上我一個人跑去小酒館喝了幾杯。

我慶幸找回了一些什麼，我告訴自己不能再丟掉這些了。

因為擔心演員拒絕參演，於是乾了一整杯威士忌，把自己的心裡話全部說出來，讓他看到我。

因為喜歡一個人，又不知道如何表達，於是送了對方一張專輯，說請聽聽第二首歌。

因為買了個二手房，但裝修的錢不夠，心情不好時就會去看一看，站在那個房子裡告訴自己要努力才行。

因為不想過一成不變的人生，鼓起勇氣請了長假跑到國外去學了四個月的英文。

也因為想要給自己的電視節目製作生涯一個交代，在公司不允許的情況下，把所有積蓄拿出來墊資了一期節目樣片。

往事一幕幕，真實又尷尬的我，熱切又渴望關懷的我，簡單又複雜的我，在每一個人生路上朝自己揮手。

不必試圖去證明什麼，一個人能把真實的自己表達出來已經是一筆巨大的財富了。

我點了兩杯酒，舉起一杯碰了另一杯，對自己說：你又回來了。

Chapter 11

Reunion by the Sea

低谷相遇的河流，終將在入海口重逢

上篇文章寫完時是凌晨兩點，寫完就發給出版的同事。

不到十分鐘，同事就立刻回我：「那電影項目立項之後到現在又發生了什麼呢？我還蠻想知道的，想知道你最近是不是還那麼慘？」

我看著手機裡的訊息，本來想安穩入睡的心，立刻又被電擊了一下。

果然，一個人的幸福頂多讓旁觀者流幾滴熱淚，但一個人的不快樂卻能讓旁觀者幸福好久。

「過分了啊，難道不為我走出痛苦而感到欣喜嗎？」

「對，很欣喜，但更想知道這種欣喜是不是短暫的。」

「所有的欣喜都是短暫的。」

CROWN
皇冠
831期
2023/5

CROWN
皇冠
女性角色的
多重宇宙
皇冠 CROWN 831 2023/5 女性角色的多重宇宙

「那就對了嘛，現在項目進展怎樣了？有什麼結果了嗎？到底能不能開機？還是說還在改劇本？」

雖然同事是做出版的，但她也很清楚影視行業的焦灼。

在我們這個行業裡，一個項目可以做好多年，能做出來就算是萬幸了。

很多人一旦因為相信而被裹挾進一個項目裡，輕而易舉就能搭上好多年的青春。

想做任何項目都能成的人也不是沒有，就不一一舉例了，說起那些名字和代表作，大家都聽說過，但顯然我不是那種幸運又有才華的人。

所以過去的三年中，我一直和幾個同事一起寫劇本，一直沒有著落。

好幾次想過：算了，不做了。

後來堅持下來的原因與其說是「不想被人看不起」，不如說是「怕對不起那些相信我的同事，他們浪費了好多時間」。

但就像我之前說的那樣，當我發現我已經在路上越跑越遠的時候，我只能停下來回到原點。

我也沒有再多的勇氣要求搭檔陪我再重新走一遍，就跟他說：「要不你先去做別的項目吧？不用等我了，如果我這邊找到了新的出口，我再看看你到時的工作計畫。」

我們很得體地告別，我進入了一個人的反思期。

那時是二〇二〇年秋季。

十月，我突然收到了狗雄給我發來的一條短信：「同哥，我來北京了，我們要不要見一下？」

狗雄是我前同事，後來去了深圳做影視創業。

那時的他剛拍了一部八集的愛情短劇，豆瓣評分挺好的，於是他就成為業界紛紛遞出橄欖枝的對象。

而那時的我，依然在思考：為啥我寫啥都不行？

每天走出公司，都感覺世界哀鴻遍野，人間滿目瘡痍，我邊走邊想：我該怎麼辦呢？

這個問題我問過自己好多次。

大學時，我不知道自己要如何去爭取更多的機會。

剛進社會時，不知道如何處理複雜的人際關係。

答應了雜誌的專欄，到了截稿日都不知道如何開頭。

每當這個時候我就覺得自己是不是選錯了一條路，之前的順暢不過都是假象。

我也不知道這個問題該問誰。

問好朋友，他們一定會安慰我「當然不會，你一定能做好的」，但我又不知道到底該如何做，問了等於白問。

問厲害的前輩，萬一他們告訴我「你確實不太適合，你最好改行」，我更是會萬念俱灰，難道我真的想放棄嗎？

這大概就不是能靠別人給出答案的問題，只能自己想清楚。

我和狗雄約在了三里屯見面。

但也不是專程相約，只是那天我剛好打算介紹兩位朋友合作，就乾脆把三個人都湊到了一起。

兩個朋友的事情很快就聊完走了，我和狗雄就有一搭沒一搭地喝著酒，聊著我們的這幾年。

敘舊是一件開心的事，但如果兩個人在同一時間點對事情的看法不一致，那就很糟糕。

那時狗雄的劇集剛播出，得到了很多機會，他甚是苦惱，不知道該做什麼，覺得自己什麼都想做。

我說你就應該做你更擅長的，就應該繼續做愛情題材。

他說不不不，我不想重複自己。

我正準備喝一口，突然愣住，恨不得把酒直接潑他臉上。

聽聽這話，我不想重複自己。

那八集愛情短劇是拿了金雞金熊金球獎，還是拿了終身成就獎了？

一顆種子才剛剛冒了一點綠色，都還沒長出對芽，離抽條更是還差得遠，更別提開花結果了。

我一口乾了那杯，等著酒精在我身體裡發酵，積累怒氣，然後釀成一支箭，射了過去。

我開開心心地譏諷了他一頓，然後假裝意識到自己很不得體，立刻抱歉：「不好意思，酒勁上來了，說了一些很唐突的話。」

我正準備從自身的挫折出發繼續跟他分享，告訴他，我就是做錯了選擇，現在真的很痛苦。

他臉上一副志在必得的樣子，說：「沒關係，沒關係，我覺得我可以的。」

我……更氣了。

算了，不聊了，喝酒吧。

沒想到，喝多了，聊得更多，總之最後的結果就是價值觀不合，我們抱了抱對方，散了。

我倆可能都在想：這個傻×，以後不會再見了。

之後的三個月，我依然在想自己到底哪裡出了問題。

同事說：「同哥啊，你得寫一些你真正擅長，又一直想寫，且沒機會寫的。不要總是去挑戰那些展現社會家庭、倫理道德的狗血『知音體』『故事會體』了。」

哦，原來我在他們眼裡是這樣的。

同事隨後給我發來幾篇文章，是我以前寫的。

她說：「你看，這樣的文章現在看還是很感動，你能不能就把這個寫成一個完整的愛情故事呢？」

我差點下意識就回覆她：「我不！我不想重複自己！」

突然我就意識到，那我不是和狗雄一樣了嗎？我可不能成為他。

於是我就乖乖地看了起來。

看完抹了一把眼淚，居然被以前的自己打動了。

想起來，自己好像確實很久沒有真正地投入過情感了，每天看劇本結構的書，寫的劇本也全是技巧結構人設什麼的。

然後我就跟公司說，給我一個月，我再試一試。

一個月後，我寫完了新故事交給公司。

結果上篇文章我也寫了，同事就覺得這才是真實的我寫出的真實的東西。

公司看完後，就問我：「導演你打算找誰？」

我上一個合作的導演非常快速地就進入了新項目，看來人人的路都比我寬廣，我有些惆悵。

我突然就想到了狗雄，過去了三個月，他也沒啥動靜，之前他跟我說的項目不會黃了吧？

我就給他發了一個訊息：「你最近在幹啥？」

他立刻給我回：「同哥，我正處於人生低谷。你說對了，項目都黃了，給了預付款的項目也黃了，我現在什麼事情都沒有。鬱悶，就每天在家裡寫劇本，打算投電影節的創投。」

那麼直白？那麼直面內心？直接就承認自己到人生低谷了？

本來我還想迂迴一下的，但一看他底褲都扒下來給我看了，我就只能也交底了。

「怎麼那麼巧，我正準備從人生低谷走出來，剛寫完了一個新的愛情故事，公司說可以繼續推進，你要不要和我一起，我們一起把這個項目給做出來。」

他說：「好啊，那就一起啊，我太孤獨了！」

後來，我和狗雄，還有另一位編劇曾老頭，三個人合計了一下，就一起回到了我的老家湖南。

我們三個人住在一套房子裡，開始了長達七個月的寫劇本時間。

白天寫作爭吵，晚上喝酒看片。

他倆睡上下舖，我每天早上負責叫他們起床吃早餐，我們的關係像極了大學室友。

這七個月中，太多事情值得回憶了。

比如我們的劇本進入焦灼時，狗雄突然說：「我投出的劇本入選了今年FIRST青年電影展劇本創投十佳……」

我們看著他，覺得：啊，命運對我們真好啊。

第七個月結束的時候，我們終於完成了我們的電影劇本初稿。

那天晚上，我們在家裡一起看《長假》，女主為了給木村拓哉加油，從零基礎開始學習木村拓哉彈過的一首鋼琴曲。

情節太感人了，我們三個男的邊喝酒邊哭。

我就帶著哽咽對狗雄說：「我要買個鋼琴，我要零基礎學這首曲子，如果我們的項目順利開機，開機那天，我就彈給你聽！！」

一晃幾個月過去了，我們的電影真的要開機了。

最後幾天，我把還沒有練會的部分瘋狂練習，終於在開機的一大早發給了狗雄，發訊息告訴他：「你看，我這個年紀，零基礎，死記硬背磕磕絆絆地彈下來，我盡力了，你也要盡力啊！」

如果每個人都是一條河流，沿途能遇見其他的河流，交流一陣之後，也會告別，朝各自想去的方向奔去。雖然也許會偶爾懷念當時交會的喜悅，但心裡也會覺得再也遇不到了吧。就這麼想著，你們發現又在入海口相遇了，兩條河流驚喜地抱成一團，一起朝大海奔去。

這大概就是這三年發生的所有事情吧。

Chapter 12

Plan for the Worst

哪有什麼人生高光，無非是做了最壞的打算

看電影最喜歡看主角開高光的時刻，當他們突然一改往常的模樣，鼓起勇氣為了某個人、某件事奮不顧身的時候，銀幕前的我會立刻熱淚盈眶。

看完之後也忍不住回味：哇，如果我也能這樣就好了啊。

某天Boya突然問我：「如果你不是你，你會願意和你成為朋友嗎？」

我又快又篤定地回答：「會！」

Boya問：「原因？」

我：「我在關鍵時刻可以不要臉呢！」

Boya想了想：「還真是。」

雖然一直羨慕電影裡的人物，但細想起來，其實我那些豁出去的時刻，帶著義無反

顧的決心和視死如歸的勇氣，打著「不要臉」的幌子，每一次都讓我變得不太一樣了。

印象中，自己的人生第一次開高光，是讀大一時。

我在河東，錢包被偷了，學校在河西，走回去有十公里。是走回去，還是去路上問陌生人借一塊錢？躊躇半天後，我終於鼓起勇氣對一位陌生人說：「您好，我是師範大學的學生，我的錢包被人偷了，您能借我一塊錢嗎？我想回學校。我之後肯定還給您。」

對方打量了我兩眼，給我一塊錢，說不必還了。我連聲道謝，覺得世間溫暖。

倒不是說我成功地要到一塊錢便是人生開了高光，而是因為我從小就是一個膽怯的人，很多事埋在心裡，發酵成酒了都不願意倒出來。換作以前，我寧願走十公里，不敢也不會問陌生人借一塊錢。但那天我居然做到了，那種突破自我的喜悅，發覺人間有溫暖的喜悅，完全蓋過了錢包被偷的失落。

鼓起勇氣去做一件事，失敗與否不重要，重要的是你敢去做了，在我看來就算是開了人生高光。

早些年我是一檔訪談節目的製片人，我們那檔節目是主持人採訪，編導記者們坐在台下也參與提問。我也就常坐在台下，冷不丁地問嘉賓幾個問題。

一次節目來了一位大熱諜戰片的男主角，這個男主角很不配合，無論我們問他任何問題，他都是回答「沒有」「不是」「沒這回事」「下一個問題」，很快，我們準備的提綱就問完了。

主持人和當期導演都急死了，這樣錄製，連十分鐘的節目都剪輯不出來，更何況我們是一檔三十分鐘的訪談節目。

我坐在台下，一樣著急，假裝很開心地提出各種新問題，男主角依然一副很不配合的樣子。所有人都看著我，眼神裡寫著「怎麼辦？耍大牌，沒轍了」。

我看著男主角，他整個人都在放空，我心裡突然躥上來一股氣。製作一期節目需要多個部門、幾十位同事配合，當期導演查閱了大量資料，完成了提綱，準備了好多天，為什麼男主角完全不在意別人的努力呢？這麼想著，我告訴自己：這樣的演員我以後再也不想碰到，這一期節目我也不打算拯救了，廢了就廢了吧。

做完最壞的打算，我就舉手了。主持人看見我舉手，趕緊讓我說話。

我直接對男主角說：「是這樣的，老師，我想問您最後一個問題。」

他看著我，揚揚下巴，示意我趕緊說。

我說：「我特別好奇一件事，想不通。您來錄節目，路上花了兩個小時，也花一個小時化了妝，您都花了那麼多時間了，為什麼坐在這裡的時候，連半個小時都不願意配合呢？如果您不喜歡這個節目，您當初直接拒絕我們就好了，這樣錄製的話，這期節目肯定廢了，十分鐘都剪不出來，所以我很想問一下您的心裡是怎麼想的？是我們哪裡做得不對嗎？您說出來，我們改進。」

我說完這一大段話之後，全場都安靜了。

主持人整個人呆掉，其他同事也被我嚇到了。

我心裡只有一個想法：死也要死得明白，如果我們沒做錯什麼，那我也必須告訴你我們的感受，你太不尊重我們了！

男主角看看我，又看看他的工作人員，說：「我沒有不配合啊。」

我繼續說：「我手上的提綱一共有二十四個問題，您每個問題的答案都沒有超過五個字。」

男主角一愣，反問我：「我的回答真的那麼簡短嗎？沒有吧？」

我：「我們問您當初為什麼要接這個劇本？您的回答只有兩個字，喜歡。我們問有喜歡的具體原因嗎？您的回答是全憑感覺。」

同事們都沒說話，大概覺得我和他這麼針鋒相對的聊天或許也別有一番風味吧。

「是嗎？」他反問。、

我：「您很明顯不喜歡我們。」

男主角趕緊說：「我沒有不喜歡你們。」

我：「但您表現的就是不喜歡，所以回答都非常言簡意賅。如果不想錄了，直接結束就可以了。」

男主角：「可能我有點累。」

我：「那我們運氣太不好了。您是這幾天一直在熬夜嗎？」

男主角：「是啊，每天都有工作安排，前晚到早上，昨晚到早上，上午睡了一下，就來你們這兒了，我整個人都是蒙的。」

我：「所以您的工作是您自己確認的，還是公司同事安排了您就必須來的？」

他繼續回答。

也許是突然的提問讓他整個人回過了神，來了精神？

還是因為我們之前的提問太客套了，他提不起興趣？

總之，我開始和男主角有一搭沒一搭地聊了起來。

主持人鬆了一口氣。導演在旁邊看著都激動得快哭出來了，她應該也做好了放棄這一期節目的準備，沒想到我的破釜沉舟居然讓我們又繼續大聊特聊了兩個小時，前後做成了三期節目。

甚至之前男主角有一搭沒一搭的回答，和後面的大聊特聊剪輯在一起，形成了強烈的對比，也讓觀眾看到了他不一樣的一面。

事後，同事問：「你當時真的覺得就不錄了嗎？」

我：「對啊，不然呢？必須要死個明白啊。」

同樣的事情，後來也發生了一遍，讓我交到了一個好朋友。

可能我的老讀者都知道，在籌備電視劇《我在未來等你》的時候，劇中三十七歲的郝老師遲遲找不到合適的男演員，朋友就給我推薦了李光潔。

當時我和導演薛凌都是第一次做電視劇，李光潔資歷深、演技好，我覺得他根本就不會和我們合作。

但死馬當活馬醫，我把劇本也給了李光潔那邊，等待他的回覆。我擔心他不喜歡，不願意演，我也擔心他覺得劇本有問題，如果不及時提出修改意見，劇組這邊已經沒有時間了。

那時每天都是如坐針氈，感覺每時每刻都在等待被分手。有一天終於又想明白了，與其等著被甩，不如直接過去，面對面得知噩耗，還能給自己多爭取一些時間。

這麼想著，我就直接殺到了深圳，在他住的酒店大堂等他結束拍攝。等待李光潔的過程中心情緊張，我是那種越緊張越不知道該說什麼的人。於是我就點了一杯長島冰茶，我想喝一點酒讓自己放鬆。

剛點上，我正一小口一小口地抿，李光潔就說他已經回來了，在電梯口等我上去聊。

我心裡一咯噔，一仰頭便把那杯酒整個乾了。

長島冰茶很快就上頭，我站在電梯裡臉熱熱的，問自己：「我一會兒要說什麼來著，可千萬別忘記了。」

李光潔還沒吃飯，打包了晚餐，他看我剛喝了一杯，臉色微微泛紅，就客套地問了我一句：「同哥，你還喝嗎？」（對，我比他大兩個月！）

對哦，我年紀比你大，我可以稍微不那麼拘謹呢。

我直接說：「好啊，喝！」

感覺他愣了一下，估計沒想到我真的那麼不客氣吧。

他拿了一瓶剛開封的威士忌，並且給我介紹這瓶酒的來歷。

我根本聽不懂，就往他和我的杯子裡滿滿地倒了一杯，舉起杯子，說：「來，乾了。乾了，我就直接說我想說的話了，我怕耽誤您時間。」

然後他莫名其妙地也跟著我乾了一整杯純的威士忌。

我倆很快就臉紅了，面對面坐著，都在等對方先說話。

我的同事在旁邊像看戲一樣看著我倆，不曉得這兩個人要幹啥。

我說：「光潔老師，如果您不喜歡這個劇本，您就直接說。如果您覺得我們沒有經驗，擔心我們做不好，不想合作，您也直接說。因為我想如果我是您，我也不放心。所以您說什麼，我都覺得很正常的。」

李光潔聽完，嘴張了幾下，然後說：「咦，同哥，您把我要想說的東西打亂了，您怎麼那麼反套路？我之前準備的確實是一些客套話，但也想說些真的，您等我一下，容我想一下我怎麼回答您的問題。」

我：「所以您還沒有準備好拒絕我的措辭嗎？」

李光潔：「不不不，我很喜歡你們的劇本，也很喜歡這個角色，也很期待和你們這個全新的團隊合作，可是您太反套路了啊！我都不知道我該從何說起！」

鬼知道我心裡壓力有多大，所有人都等著他的表態，他這麼一說完，我立刻跟他說：「我們等一下再聊可以嗎？我要先跟我的製片人打個電話，他一直在等我們見面的結果，我是不是可以跟他說，咱倆聊得很好，你很樂意出演。」

李光潔仰起頭，有點小傲嬌的害羞：「對對對，您可以這麼說。」

第二天回劇組的路上，同事問：「你是真的害怕被拒絕嗎？」

我說我不是害怕被拒絕，我就是害怕等著被拒絕的那種感覺。

同事很認真地對我說：「昨天你很認真的樣子，有點帥呢，感覺開了高光。」

嗯，那些人生的高光時刻，不過是做好了最壞的打算啊。

前幾天，朋友阿輝突然問我還記不記得一個做餐館的朋友。

我一時沒想起來。

他說：「我不知道要不要提醒你，你可能自己都很想忘記。前幾天那個朋友突然說特別感謝你，才偷偷跟我說了這件事，我聽了之後沒覺得你蠢，只覺得你好厲害。」

我很厲害？咋了？

朋友就幫我回憶起來。

大概在十年前，一個朋友的餐廳開業，請了一些朋友去吃飯，隔壁包廂也有客人。

沒過一會兒，隔壁包廂發生了爭執，我就過去勸架，原來是包廂客人發現他們點的土雞只有一隻雞腿，就找來了朋友。朋友連忙道歉，說整桌的菜全部免費，非常對不住。

但是那桌客人喝了一些酒，還讓朋友賠三倍的菜錢。開餐館本來就難，朋友好說歹說道歉不行，求情不行，然後有人說了一句，不賠錢可以，你跪下來道歉吧。朋友自尊被羞辱了，立刻拒絕。那桌客人拿著酒瓶要打人，朋友衝到廚房拿了刀要拚了。

我看這種局面估計要崩了，腦子裡突然閃過一個念頭——反正現場這些客人沒人認識我，解決問題比較重要。這麼想著，就立刻跪了下來，跟他們說：「原諒我朋友，小本生意，這桌菜免費，當買個創業教訓，各位大哥高抬貴手。」

我覺得自己像極了港片裡忍辱負重的男主角。

那桌客人估計也沒想到真有人跪下，也就很快找了個台階講和了，我也繼續回到自己的包廂吃飯了。

這件事情除了那個老闆，誰都不知道，我回去也沒說。

阿輝問我：「你怎麼那麼豁得出去啊？」

我說：「難道要鬧出人命嗎？反正沒人認識我，跪就跪咯。我自己不覺得沒自尊，你管我。」

阿輝問：「你後來還跪過嗎？」

我：「滾！」

Chapter 13

Do What You Like

做自己相信且喜歡的事

這些年常常被問到：如果一個人不知道自己喜歡什麼怎麼辦？一個人如何去找到自己真正感興趣的東西呢？

今天再看這個問題，和周圍的朋友聊了聊，覺得這個問題好像本身就不能成立。

沒有人不知道自己喜歡什麼，只是覺得不現實就放棄了。

而一個人自己真正感興趣的東西也不需要去找，往往是當下的一種感受，你留意了，也許這就是你人生最重要的那件事。

相比周圍很多朋友，我算是曲線救國的那種。

就讀中文系時，一邊寫作一邊去媒體實習，大四畢業之後考入湖南電視台，在長沙工作兩年後又選擇北漂，進入光線傳媒繼續做傳媒，後轉做電影，開始學習寫劇本，才把寫了十幾年的文字與工作結合了起來。

我算是命好，很早就大概知道自己對什麼感興趣，而且願意付出時間，慢慢地也就看到了回饋。喜歡一件事情但凡有了回饋，就是能一直支撐我走下去的動力。

身邊也有朋友，本來幹一件事外界看起來好好的，突然他們就轉了個方向，周圍的人都覺得他們瘋了。但要知道，一個已經被視為「走上正軌」的人突然要做出截然不同的選擇時，他們本身該思考了多久，在多少個夜晚輾轉反側，模擬了多少阻擾，大概也預計到那些諷刺話語是什麼，如果還是做出了選擇，那一定就是破釜沉舟了。

我問他們：「如果不成功怎麼辦？」

他們的答案幾乎一致：「比起失敗來，我更想把一直想做的事情給做了，我覺得那才是真正的我，起碼我知道我不會再給自己找理由和藉口了。」

人生中最大的遺憾往往不是做錯了什麼，而是沒有勇氣去做什麼。

先說說老謝。

老謝是我的兒時玩伴，也是從小學到初中一直到高中的同學，我們看著彼此在人生的前十八年如何茁壯成長，又如何在各自的領域裡生根發芽。

五、六年前有一天，老謝突然支支吾吾地在電話裡第一次那麼嚴肅地說：「同啊，能不能幫我一個忙啊？」

我猜了十幾種可能要幫的忙，卻沒有想到最後她說：「我要出版一冊繪本，你能不能從你的角度給我寫一點什麼？」

我答應了，不是因為對美術繪畫有研究，而是因為對她有研究。想起來，她算是我人生中見過生命力最頑強的女性，閉上眼睛想想她的樣子，總是笑瞇瞇的，就像野草，燒不盡，拔不完，迎風生長。

小學時，她的普通話略有口音，卻因為感受力頗強，一直是市演講比賽的佼佼者。我很羨慕她，也會問她，妳怎麼那麼會演講？

她說：「我一點都不會，很著急，一想到肚子會痛，我就想趕緊說完，趕緊說完，所以特別投入，就拿獎了。」

我不相信她那一套鬼話。但是我知道，她是那種只要一投入，就一定會有回報的人。

高中我倆同班，男孩自我覺醒都較晚，而她早已經選擇好了自己的路。班會上，她說自己的理想是學美術，要成為很厲害的畫家。畫家是什麼？十五、六歲的我們誰都不知道，生活在那樣一個小城市，日出而作日落而息，日子就像被定時上的發條，好像除此之外，也沒有什麼除此之外了。

我十七歲，跟著同學去長沙參加某個大學的專業考試。其實我早就知道沒戲，去長沙只是想看一下外面的世界而已。

在老謝的幫助下，我找到了可以暫時借宿的宿舍，第一次知道了省會居然還有二十四小時的藥房，知道了什麼叫服裝專賣店，並拿出了一百九十九元買了人生第一件真維斯的衣服。

她帶著我，去了所有她覺得有意思的地方，給我介紹她認為有意思的朋友，讓我意識到自己原來也是一個有意思的人。

因為那一趟很重要的「見識世界之旅」，回到高三生活的我，突然有了學習的動力。

我也想擁有自己真正喜歡的生活，我也想和老謝一樣。

我覺得老天對我們這種簡單又肯努力的小孩挺好的。

我和老謝都考上了大學。

我學中文，她學美術，我們都有了新的人生目標，那種感覺真的很爽。

雖然我們的距離遠了，各種生活也不盡相同了，可是我遠遠地看著她，仍能感受到她身上散發出來的熱情。

大學畢業，她又考到了中央美院國畫系進修，一切都像她想的那樣，一步一步，朝自己的方向進行著。

直到有一天，我聽朋友說起她因為剛出社會太單純，錯信了一個長輩而導致自己欠了幾十萬的債，我才知道過去的幾年中，她的生活是怎樣的。我不知道那時的她是怎樣度過那段灰暗的時光的，總之結局是她一個一個打電話向借給自己錢的人道歉，並且承諾一定會盡快還清欠款。

她辭掉了學校老師的工作，租了一間小民房，一個人做起了幼兒美教培訓班。

沒人報名，就去電線桿貼小廣告。

沒人敢第一個報名，她就一個孩子一個孩子地免費試教。

無數個烈日當空，無數個年輕人不知方向為何，她卻從未停下過腳步。

她先從親戚朋友的孩子下手，一百塊錢教一個暑假。

第一個班上的六個孩子全是親戚朋友的孩子。

她覺得自己不太像一個少兒美術培訓的老師，更像是一個托兒所的保姆，不僅要帶著大家吃飯，還要帶著年紀更小的孩子上廁所。

後來她說，因為學生少，她能全身心地去教育和照顧這些孩子，也因此打動了不少家長。

一位孩子的家長被她的投入感動了，於是掘地三尺把身邊所有朋友的孩子都介紹給了老謝，一共七個。

那幾乎成了她美術教育的轉折點，從那一刻開始她強烈地覺得「我真的可以幹出一些什麼」。

那幾年，我在北京工作，每年回家過年時，都會約她聊一聊。

我倆聊天質量特高，都不需要有任何氛圍，她把車往路邊一停，我倆坐在車上就能聊好幾個小時。

她的車後座放了很多書，都是一些什麼「女人必須要靠自己」「成功者的十個特質」「怎樣才能帶領團隊」「不放棄就是最大的成功」之類主題的書，我就嘲笑她——

看這種雞血書沒啥用。

她很尷尬地笑了起來，很正經地對我說：「哎呀，我覺得還是有用的，每次看完就覺得全身充滿了力量。倒不是他們的方法有多正確，而是他們給我提供了很多不同的角度去思考問題。能給一些力量就是很好的書啊！」

我看她一副認真的樣子，覺得挺感慨的。

是啊，哪能隨意評價一個東西好不好，只要當事人覺得有任何改變，都是好的。

一年又一年，兩年再兩年。我們見面時，她接的電話越來越多，我也就知道她培訓班的學生越來越多，她又找了更大的教室，很多學生都要提前預約了。再後來，她的小鈴鐺美教培訓班變成了小鈴鐺美教學校，開始有了好幾個分校，每個暑期的學生都有好幾百人。

創業第九年的某一天，她突然給我打了一個電話，剛接通她就帶著哭腔告訴我，她終於把那幾十萬的債給還完了。

不過她說哭不是可憐自己，而是覺得自己真牛。

我問她在這條不能回頭的路上，有經歷什麼事讓她覺得以後什麼都不會再害怕了嗎？

她說當她把所有的錢還完的那一刻，她覺得這輩子她不會再害怕任何事情了。

她說自己從來沒有那麼投入地去做過一件事情，她改變了好多，不再患得患失。

她說她非常相信一句話——一個人的語言會透露她的信念，而信念會影響行動，行動會創造結果，結果的積累就是一個人的命運。只要一個人踏踏實實跟上時代的步伐去做事，而且是做自己擅長並且熱愛的事，肯定會出頭的。她堅信這一點。

這是老謝的故事，略長。

因為老謝，我又想起了身邊還有幾個朋友，他們也都在眾目睽睽下突然改變了自己的方向，並堅持做了下來。當初大家覺得疑惑的、唱衰的，現在也都閉嘴了。我也很想把他們的故事分享給大家。

比如小王。他突然把甜品店關了，去開了一家長沙粉店。

剛認識小王的時候，他超級瀟灑。白天睡覺，晚上泡吧，某天突然覺得自己需要幹點什麼正經事了，就在長沙五一大道開了一家甜品店，一時紅紅火火。

甜品店開起來很洋氣，但競品太多，第一次創業的小王焦頭爛額。

一天，朋友帶他去了一家好吃的粉店吃粉，小王看著絡繹不絕的客人，突然萌發出想做粉店的念頭——做甜品店新品更新速度太快，客人沒有忠誠度。但長沙人愛吃粉是一種習慣，只要認真去做，味道地道，出品穩定，客人自然能留存下來。

腦子裡轉了那麼一圈，小王吃完粉就跟老闆說：「老闆，收學徒嗎？交學費那種。」

老闆說考慮考慮。

沒多久，「夜店小王子」小王就真去粉店工作了。

周圍的人都覺得小王太好笑了，一個每天混夜場，隨便定個台就幾千上萬元的小青年，一個甜品店的老闆，突然去一家長沙的粉店當學徒。學什麼呢？學端粉，學收碗，學擦桌子，學倒潲水。

小王說自己頭幾天都快吐了，但他很清楚自己是交了學費的，學習忍耐也是人生的一門必修課。

以前的小王總是白天睡覺，晚上浪蕩。當了粉店的學徒後就變成了每天晚上十點半準時睡覺，早上五點起床。

小王倒沒有任何不適，他的朋友們全傻眼了。

因為小王開過甜品店，所以上手非常快，沒過幾天，整個粉店的出品就是小王一個人負責了。

下粉、卡時間、舀湯、放料、蓋碼，一氣呵成，老闆負責在旁邊指揮。

就這樣，幾個月後，小王學徒到期，他決定自己當老闆，真的去做一家粉店。

粉店起名：隔壁小王。

我問他幾個月到底能學到什麼？難道是學到了秘方嗎？

小王搖搖頭：「其實也沒有什麼配料上的秘方，最大的秘方就是我真的已經學會了『吃得苦，耐得煩，不怕死，霸得蠻』。開實體店就是要拚，要守，比的是質量。我在，店就在。我不在，店就亡。以前我還是太幼稚了，總想輕而易舉就上岸，現在不會了，但也更踏實了。」

今年，離小王開粉店過去四年了，他的「隔壁小王長沙粉行」已經在長沙開了第三家店了。

我幾次回來聊到這個店，周圍都有朋友說去吃過，很好吃，我就覺得特別開心。

我問過小王：整個過程中最難以克服的事情是什麼？

他說是收碗倒潲水的時候，尤其是有熟人也來吃粉，看見他在做這些事情，大家的眼神都很微妙。他自己也搖擺不定，覺得自己丟人了。但那時他就不停勸自己不要想太多，慢慢地就好了。他說自己以前太矯情了，現在覺得做任何正當的賺錢養活自己的事情，都是理所應當的，人就不要太把自己當回事。

剛才是長沙開粉店的朋友小王，我還有一個在北京開釀皮店的朋友老王，也很妙。

老王本來自己開了一家營銷公司，幫助很多大品牌做公關，每天忙得要命，也掙了不少錢，但她突然通知我們她要開一家西北釀皮店。

原因很簡單，她幫品牌做公關做得不錯，但她更想證明自己也能從〇到一做成一個品牌。

老王是西北人，在甘肅白銀長大，從小到大吃的都是一對老夫妻推著車賣的釀皮。

她一直在思考——如果找到一個好的產品，是否真的能夠把它做成一個品牌？

老王說幹就幹，飛回白銀找那對老夫妻，說服老夫妻把獨家配方賣給她，並讓他們的兒子在她的營銷公司實習上班。

很快，第一家「最喜釀皮」開了起來，裡面都是西北特色小吃。過了三年的時間，「最喜釀皮」已經在北京開了十幾家分店了，在西北小吃的大眾排行裡，排名第一。很多白銀人吃到它們的時候都驚呼：這不就是小時候的那對推攤老夫妻的味道嗎?!每當這時，老王就非常開心，覺得自己做了一件好事。

其實更妙的事情在後頭，釀皮店有一款現熬的飲料——杏皮茶。

南方長大的我，從未喝過這種飲料，第一次喝的時候就被震撼到，也太好喝了吧！我讓老王沒事就給我閃送幾杯來喝，搞了幾次之後我覺得太麻煩了，就跟老王提議：「這個飲料那麼好喝，喝過的人也少，不如搞成便攜式飲料裝好了。」

老王用很短的時間想了想，決定開幹。

沒想到做飲料是件非常難的事，如何裝罐，什麼材質，怎麼殺菌，怎樣保持每一批的味道一致，甚至需要提早幾年就回敦煌把杏乾給收回來，放在倉庫裡，以防止產品銷量暴增不夠用。

老王總覺得自己懂的東西太少了，於是到處上課。有一次去上MBA的課程，老師的講堂上放了一瓶「最喜杏皮茶」，她就問為什麼講台上會放一瓶這個，老師說：「噢，這是我最喜歡喝的飲料，而且不放任何添加劑……」

老師還在給她安利，她突然熱淚盈眶地告訴老師：「這是我做的！這是我做的！」

就是這樣的死磕，最喜杏皮茶做了不到三年，因為表現好，就獲得了元氣森林的投資。

我問老王：通過開釀皮店和做杏皮茶，最重要的是學到了什麼？

她說：「我只想通過做一些事情來證明自己的營銷策略是否真實有效，做人做事都不能盲目，失敗了就失敗了，但好在可以一直調整。到今天為止，我也覺得沒什麼過不去的。為了做杏皮茶收購杏乾，我把房子都給抵押了。好在終於熬了過來。」

還有老家的朋友小火，從小就喜歡跳街舞，被周圍的親朋好友說成不務正業、二流子。

於是「不務正業」的他就把所有「不務正業」的朋友們集合在了一起，一拍腦門，決定開一個舞蹈公社，沒想到第一期的學員就爆滿，直到現在。

他的創業十分簡單。

我問小火：「你做這件事情學到了什麼嗎？」

他想了想，很蒙地說：「好像沒有學到啥，我也不懂那麼多，反正我就是喜歡跳舞，就不停跳舞、比賽，剛好周圍也有很多人喜歡，我們就教他們，就真的很簡單。我們把一樣的人聚在了一起，反正就是沒那麼複雜吧。」

後來我回郴州拍電視劇的時候，所有演員的舞蹈動作也都是小火他們幫我們設計的。

這幾位朋友的創業雖各有不同，但都是突然意識到自己喜歡什麼，然後一股腦就去幹了。

我想絕大多數人並不是找不到自己喜歡的東西，而是覺得自己喜歡的東西很可能在別人看來都沒譜，一來二去，喜歡的也變不喜歡了，衝勁也沒了。

我相信命運會垂青每個人好幾次，但次數用光了，你還沒意識到那是命運的垂青，那就不能怪命運了。

對一件事情感興趣，願意花時間去學，不在意別人的眼光，自己十分投入，能做到以上四點，很多事都能做好吧。

Chapter 14

Line up For You

✦

我願為你排很長很長的隊

一天，打開抖音，發現自己的某部影片被很多人看到了。

平日幾百的留言變成了好幾千。

不過很多留言讓我覺得既心酸又好笑。

「原來你就是劉同？」

「我一直以為劉同是個女孩。」

「劉同不是一個老頭嗎？」

「我讀中學時語文考試總是做你的文章的閱讀理解，我還以為你是上個世紀的作家。」

留言眾多，有調侃有相認，無論怎樣的留言，都能感覺到大家的善意。

突然我看到一條留言：「你覺得你的人生是被什麼改變的？是被一個人，一個機會，還是你的一個選擇？」

留言的用戶名是一串數字。

我點擊進去，看不出這位用戶的性別和年齡，人又是在哪裡。

但在一眾熱鬧的留言中，這條留言顯得格外引人注目，我猜他應該正處於人生的成長期吧，我剛好進入他的視野，他或許對我有些許了解。

他也許很想知道像我這樣一個人，是怎麼一步一步走到現在的。

甚至我也能想像出，他打出這一段留言，應該也是思考了許久。

我該怎麼回覆他呢？

這個問題讓我想了許久。

我是因為遇見了誰而成為今天的我嗎？

還是因為做了一個正確的決定所以成了今天的我呢？

一路上，我遇見了很多人，每個階段我都遇見了好些幫助我的人。

但如果覺得命運因此而改變，似乎也不太準確。

以前覺得如果自己遇不到貴人，這輩子肯定不會那麼順遂。

但後來自己也開始有能力去幫助其他人的時候，我突然意識到——要被人幫助，首先是這個人身上要閃著光。

閃著光，能被人一眼看見，才是改變個人命運最重要的部分。

比如我也曾問過那些幫助我的前輩：「那麼多人，你為啥要幫我？」

前輩也很直接地回答：「感覺幫你很有可能會有結果，但幫其他人很多時候是一場空，還累。不是說非要有回報才能幫助人，爛泥扶不上牆，爛泥對結果是無所謂的，但抹泥上牆的人很累，手還髒。」

於是突然想起。

大概七年前，一本雜誌約我寫一篇卷首文，我讓編輯給我發幾篇之前發表過的文章，看看氣質。編輯給我發來四篇，其中有一篇看得我心潮澎湃，寫得溫暖熱情有力量。我很好奇，特意看了一下作者，里則林。

為啥寫那麼好，可作者的名字我從來就沒有聽說過？

我立刻便上網開始搜索作者。

先是找到了同名的博客，看了幾篇碎碎念，確認是一位男作者，發現他居然才讀大三，就讀廣東的一所工業大學。

我立刻給他留言，說自己看到了他的文章，被感動了，覺得他寫得很好。

第二天，發現他已經回覆我了。

特別中二的回覆，大概是：「啊啊啊啊啊啊，你就是我媽一直讓我看的求職節目的那個人！！！讓我冷靜一下。」

我和里則林就這麼認識了。

他常會把他的文章發給我看，想聽我的評價。

我說真不錯，他就覺得我在刻意鼓勵和安慰他。

我就乾脆把他的文章直接發到微博上，讓網友們評價，讓他看看網友們的真實感受。

很多人看完很感動，紛紛鼓勵他，我就跟他說：「好好寫，能出來的。」

過了大半年，他給我發來很長的一封郵件，意思是他馬上大學畢業了，畢業之後就要回自己家的工廠工作（原諒我那時並沒有讀出來是繼承家業的意思），以後也沒有時間寫作了。他說他大學時期寫了很多文章，很希望能在大學畢業這年出一本書，也當成對自己寫作的紀念。

郵件寫得很傷感，我就回覆說：「你寫得很好，你把所有的文章給我，我給出版社看看。」

後來的結果自然是出版社覺得很不錯，第二年就出版了里則林的作品，那本書也成了當年的暢銷書。

他不知道如何表達對我的感謝，就問我要了郵寄地址，說要給我寄東西。

過了幾天，我在公司收到好幾大筐荔枝，真的是超大的簍子。

他說是他專門去摘的，為了表達心意。

我覺得自己比楊貴妃還受人惦記。

一個深夜，里則林對我說：「同哥，畢業的時候，我爸媽說如果我從事寫作，就不再給我生活費了，所以我當時只能回廠裡。但這本書讓我拿到了不少的稿費，所以我決定來北漂了，可以嗎？」

又過了一週，他成了光線影業的實習生。

時間一晃，七年過去，他作為編劇寫了幾部電影和電視劇（《風犬少年的天空》《雄獅少年》），收穫了讚譽，也能直面批評。

《雄獅少年》上映的時候，他給我發訊息：「謝謝你啊同哥，如果不是你當初留言誇我，就沒有今天的我啊。」

我回：「你不用現在就感謝我，等你拿到奧斯卡獎的時候，站在台上再感謝我好嗎？我不是那麼容易就被打發的。」

他：「我之前用荔枝就能打發你了啊。」

我：「那是你親手摘的啊，不一樣。」

他：「哦哦哦，其實是我開車去荔枝園包了幾棵樹，讓園子裡的工人摘的。」

我：「你怎麼能騙我那麼久？」

他：「你也知道我是什麼樣的人。」

我：「能花錢解決的問題，千萬不要動感情。是吧？」

他：「嘿嘿。」

回過頭來說，如果我不給他留言，他就不能走上這條路嗎？

我想未必。

我覺得就算在另一個平行世界，他回家繼承了那個電子廠，他的腦子也會讓那個廠在新媒體上發光發熱。他可能掙到了很多錢之後，依然會有寫作的夢，會自己投資做影視劇，然後自己動筆當編劇。他是一個能對自己的愛好付出時間的人，進入到這一行，只是時間問題，而不是選擇問題。

之前我也在書裡寫過——我們不能把自己的人生失控歸結到某一個錯誤的決定，更不用想著「如果回到那一天能改變那個決定就好了」。因為哪怕你修改了那個決定，一個人的性格依然會讓他在之後的人生裡繼續做有所偏差的選擇。一個人所做的選擇都是一個人的性格所決定的。不是選擇決定了人生，而是性格決定了人生。

所以，這麼說起來，改變我和里則林人生的，並非某一個選擇，而是我們都喜歡寫作這件事。

寫作的滿足感輕易就能讓我忘記沒有朋友這件事。

寫作的投入感讓我不必時刻掏出手機，而是每天都能花上好幾個小時通過文字和自己聊天。

我在想什麼，我要如何表達自己的情緒，當它們變成文字一個一個出現在螢幕上的時候，我整個人都清晰了很多。我是由這些想法組成的個體，我的原則被我寫在了文章裡，我如此去表達自己時，我也被其他人所認識。

我也因為寫作，不那麼容易被淹沒在人群裡。

雖然在寫作的前十二年裡並沒有出版過任何暢銷的作品，但別人介紹我的時候總是會提到「這個小夥子出版過自己的作品，平時喜歡寫點東西」。

有人好心，追問我出版作品的名字，我明知道回答完後99.9999%對方都是一頭霧水，從未聽過，但我總會補一句：「沒事沒事，爭取以後能寫出讓大家聽過的東西。」我心裡一直知道——寫東西對我來說，並不是為了讓人知道，而是為了讓我區分自己和其他人。

也因為「這個小夥子喜歡寫點東西」，所以周圍的人但凡有任何需要寫文字的東西，都會來找我。

我幫寫過晚會主持人的串詞、脫口秀的腳本、新節目策劃案、單位晚會的小品、個人年終總結、婚禮新郎新娘的表白詞、節目宣傳片的文案、宣傳稿件、年會歌詞，還時常幫人起名字……回想起來，我幫人寫過的東西真是五花八門，應有盡有。

一開始我還婉轉地拒絕：「不好意思，我只會寫一些散文什麼的，都是記錄自己的故事和感受……恐怕你的東西我不了解，也寫不出來。」

對方卻一屁股坐下來：「沒關係，我跟你說說，你不懂就問我，我說清楚，你就應該知道了。你會寫東西就肯定能寫出來。」

後來就想，也對，反正我對寫東西也沒啥高追求，也不存在什麼精神潔癖，人家看得起我才讓我幫忙，那我盡力就好了。

要寫婚禮告白，那就去採訪新郎新娘，自己在家給新婚夫妻寫稿寫到淚流滿面，左手寫給右手，自己寫給自己。

要起名字就開始查字典，研究每個字的含義，五行查詢網站安排得清清楚楚。

寫節目宣傳片的文案一定要對仗，要押韻，要磅礴。

正因如此，後來我進入工作崗位之後，但凡有任何涉及寫的工作，沒人願意做，我就說自己來。久而久之，所有與文字打交道的工作全交給我了，他們說：「反正劉同在，他都能寫。」

我自己心裡很清楚，管他寫得好不好，但是能搶到那麼多機會，也就顯得我很重要了。

因為什麼都寫，我就慢慢明白了，原來什麼都可以寫。

熱鬧的時候，可以寫熱鬧。

孤獨的時候，可以寫孤獨。

無聊的時候，可以寫無聊。

不知道該寫什麼東西的時候，可以寫自己不知道該寫什麼東西。

每個人都期待能在這個世界上遇見一個完全懂自己的人，能讓自己徹底放鬆的人，在這個人面前可以不撒謊，可以發脾氣，通過這個人來看最真實的、自己都不了解的自己。

慢慢地，我就知道了，這樣的人恐怕很少存在，但這樣的事物是存在的，於我而言，就是文字。

任何心思不想留在情緒裡，就翻譯成文字，留在文檔裡，然後一鍵從腦子裡刪除，不占據內存，不影響心情。

因為得到了文字的慰藉和陪伴，就想著能不能回饋它。

比如希望它不僅出現在我的電腦裡、博客上，也能出現在更重要的地方，被更多人看到，算是我為它盡了一次力。

多年前，上海有個很厲害的週刊，我和編輯認識很久了，他突然問我能不能開一個都市情感的專欄。

我當然樂意。

他說他打算找四位作者寫四個專欄。

我立刻想到了一位相識的知名女作家，就給他推薦。

編輯一聽也覺得好，但有些擔心女作家的稿費會超過他們的預算，拜託我去問問。

當時專欄的預算是五毛錢一個字，一篇週專欄大概一千字左右，就是五百塊稿酬。

我去問了之後，女作家的專欄稿酬是一塊錢一個字，也剛好有時間可以接。

為了讓她願意加入，我就跟編輯說：「你可以把我的稿酬給她，這樣她的預算就剛剛好。」

就這樣，我一直寫了兩年，直到週刊改版，撤掉了專欄。

某天，女作家給我打電話，問為什麼我要把自己的稿費讓給她。

她剛剛才聽編輯提起這件事，特別愧疚，覺得似乎傷害了我的權益。

我只能跟她道出了實話：「如果我的文章能和妳的出現在一個版面裡，對我來說應該是很大的激勵吧。我擔心稿費不夠，妳會拒絕寫這個專欄。」

她哭笑不得：「你是不是傻啊……」

現在想起來，雖然那時每個月兩千塊的稿費對我來說確實不菲，可也無法讓我的生活騰飛，發生質變。但如果我的文章能和這位女作家放在一個版面上，卻能讓我擁有強大的信念感，這個對我來說可能更重要吧。

信念感真的很重要。

在長沙讀大學的時候，得知劉墉老師來新華書店做簽書會，我興奮得一夜睡不著。

因為父母都在醫院工作，家裡很少有課外書，最多的便是劉墉老師和周國平老師的書。

也正是這兩位作者的書讓我開始思考「我是誰」「我長大了想要做什麼」「我又能如何去做」這些問題。

終於有機會見到劉墉老師了，我特別興奮，簽書會早上十點開始，我九點到的，前面已經排了好幾百號人了。

我一口氣買了他的四本書，邊看邊排隊。

快輪到我的時候，我才知道，因為人太多，書也太多，劉墉老師每次只能簽一本書。

他幫我簽書的時候，我就呆呆地看著他。

我在想為什麼他能寫出那麼多東西，他寫了那麼多文字幫助到了我，我很想感謝他。

很可惜，我就像吞了一個人參果，還沒嘗出啥子味道，工作人員就拍拍我，暗示我可以走了。

我不甘心，拿著剩下的三本書繼續排隊，一次又一次，排了四次隊，簽了四次。最後一次劉墉老師忍不住了，笑著對我說：「小夥子，你來了四次了，你有什麼想說的嗎？」

我忘記我說什麼了，大概是，因為他的原因，我也愛上了寫作，現在正在讀中文系。

一晃十幾年過去了。

一次去西安的大學做校園分享會，彩排時我看見有同學正在換舞台上的條幅，上面寫著「劉墉先生」幾個字。

我問同學，他們說上週這裡的分享會嘉賓是劉墉老師。

那一瞬間，我又想起了十幾年前我和他的相遇，很感慨。同事問我怎麼了。

我說：「十幾年前，我去參加劉墉老師的簽書會，告訴他我很喜歡寫作。過了十幾年，我們終於在同一個空間相遇了，雖然是一前一後，但我好想把自己出版的書也送給他，告訴他，我依然還在寫著，還在跑著。」

人與人的相遇就是那麼離奇，哪怕僅僅只是靠近，就能產生巨大的能量，一直走下去。

Chapter 15

My Everyday Life

沒被看見的日子，我在幹什麼呢？

大概在十年前，我和一個朋友相約小聚。

朋友也是一名作者，出版了不少作品，但我和他一樣，都屬於「非常不暢銷，但又非常喜歡寫」的作者。

我跟朋友抱怨：「唉，跟出版社打交道好難啊，剛和編輯聊完書稿的意見，轉頭就要為自己談版稅和印數的條件，本來就沒什麼話語權，還要假裝自己很懂的樣子。如果有一天我不再出版作品，一定不是因為我寫不出來了，而是我不想再和出版社談判了，心好累。」

朋友說：「所以我就根本不談，交給一個朋友幫我去談了。反正她也是做圖書引進的，平時也和出版社打交道，就順便幫我談了。」

我：「你居然有經紀人，羨慕。」

朋友：「如果你需要，我也可以把她介紹給你，你們定一個分成比例就行。」

我：「我的書，版稅和印數都很低，我就算把版稅全部給她，她也看不上吧。」

朋友笑了笑：「我應該是出版界的地板了，你不會比我更差的。」

我：「那我應該是出版界的地下室吧。」

說罷，我和他都很惆悵地看著餐廳外的車水馬龍，各有心事，我倆對視一眼，笑起來，應該是撞了心事——我們何時才能被人看見呢？

現在想起來，為了被看見，我真是跳起來跟世界招手，大喊：「我在這裡，你們誰能瞧我一眼？」

記得大學剛畢業那會兒，寫了一本小說，給很多出版社寄過去，都沒有回應。然後聽人說，很多出版社的編輯都駐紮在天涯論壇，我立刻就註冊了帳號寫了一個帖子，內容大概是：某大學中文系男同學，寫了一本校園小說，情節跌宕，文筆幽默，可以不要稿費，欲尋求出版。

那時打開任何螢幕，全是韓寒、郭敬明的頭條，校園題材的作品熱得不行。我得意地點了「發送」。帖子出去的那一刻，我想，我連稿費都不要，肯定會有很多出版社搶破頭吧。

第二天一早，我就去了網咖，心情忐忑地登錄帳號，看看是否有出版社的編輯老師聯繫我。

那時的網路遠不如現在先進，進了論壇，我找不到自己的帖子，我以為是被管理員刪除了，往後翻了幾十頁，才翻到自己的帖子，點擊進去，一個留言的都沒有，特別孤獨。

大概是太想被看見了，沉到海底一萬公尺的我依然沒有氣餒。

我又註冊了幾個小號，開始了「自救」，現在想起來，真是愚蠢又可笑。

所謂的自救不過是自己開始給自己留言，因為只要有人留言，這個帖子便會回到首頁。

第一個小號留言：「真的嗎？樓主，可以給我看看你寫的一些文字嗎？」

然後我就用大號回覆：「沒問題，給你看五千字。」

於是就回覆了五千字。

然後第一個小號就回覆：「哇，寫得真的很好，還想看後續呢。」

大號就繼續：「謝謝你，我很開心。」

然後第二個小號又留言：「確實不錯，如果我是出版社的編輯，真的是撿到寶了。」

於是我就自己和自己聊天，半個月過去了，那個帖子除了我自己，幾乎沒有任何人進來，更沒有編輯來聯繫我。

同學問我：「你每天都往網咖跑，是不是網戀了？」

我：「啊哈……」

像被人從喉管硬生生倒進去一壺悲涼。

是啊，我和自己的這場網戀，應該算是失戀了。

後來終於有幸出書了，但因為發行量太少，很多書店找不到自己的書。

我就會跑去前台問：「請問有劉同的書嗎？我很喜歡他的書，能進兩本嗎？」

如果一個書店真的有我的書，我就會自己買一本，以免沒人買，書店會對它失去信心。

我還做過更傻的事——如果進了書店，看見自己的書在角落裡，就會偷偷地把它們拿出來放到更顯眼的位置。

後來漸漸有了一些讀者之後，他們也會幫我幹這件事情，然後告訴我：「同哥，我今天幫你把書放到了最中間的地方，希望更多人能看見你。」

真的讓我覺得好暖……但讀者和我一樣傻，就算拿了出來，被盤點的店員發現，又會被放進犄角旮旯。

上個月，因為在籌備一個青春電影的劇本，就去同學任職的高中旁聽了一天的課。

走的時候，一個同學追到走廊上問我：「同叔，我想問，在你不被大家認識的時候，你都是怎麼過的？我現在覺得生活好無聊，成績好是別人的，家庭好是別人的，戀愛是別人的，我覺得自己和他們不一樣。」

他的問題既羞澀又篤定，我反問：「那你以後想幹什麼呢？」

他說：「網紅吧。」

我倆都笑起來。

他笑的原因可能是怕我瞧不上，我笑的原因是我最近一直在被同事催著拍影片，發各種自媒體。

我說：「當網紅沒什麼不好，門檻低，人人都可以嘗試，但你確定你能成為網紅嗎？你知道成為網紅需要什麼條件嗎？」

他說：「知道啊，長得好看，或者有一技之長。」

他看我沒說話，繼續說：「我顯然不屬於長得好看的，但我喜歡跳街舞。」話還沒落音，他就後退了幾步，在走廊上當著大家的面跳起來，幾個動作乾淨利落，同學們給他鼓掌，我也被震撼到。

「跳得很有魅力啊，那我稍微糾正一下你的概念。你不是想做網紅，而是想做一個跳街舞很厲害的人，只是你用影片分享了你的日常和你的積累，有可能吸引到很多喜歡街舞的人，然後你才成了一個網紅。網紅不是目的，網紅只是結果。」

他想了一會兒，然後很開心地跟我說懂了。

他害怕跟別人說他想當網紅，其實他真正想做的是跳街舞。

「你千萬不要被自媒體綁架了，你先把你擅長的事情做好，拍攝影片只是延伸。」

從學校出來，朋友問我：「你是不是快被自媒體逼瘋了？」

哈哈哈，不小心被朋友看穿了。

自從各種自媒體開始流行，微博、抖音、小紅書、快手、b站、視頻號……每個普通人都有了大量的發聲渠道，好像不入駐，不占領那個地方就會被淘汰，會落後於時代。

這兩年間，我自己都記不清和同事開了多少關於自媒體內容的會了，每次開完會都興致勃勃，堅持更新了一段時間之後又洩氣了，洩氣的原因也很簡單，每次錄製影片都要花時間，每次影片的內容也都要花上一整天的時間去準備。

以前寫書，每天寫幾百上千字，不用給任何人交差，一年之後整理修改，便是一本自己拿得出手的心水之作。

甚至我的日常工作是製作電影，從一個概念，到一個故事大綱，到和編劇聊出具體故事，再到分場劇本，再到詳細劇本，再到導演分鏡頭腳本、組建拍攝團隊、勘景、演員徵選、圍讀劇本、表演培訓、正式拍攝、剪輯、後期製作、過審、宣傳、上映。這個過程快的話也需要一年半，慢的話三、五年也是常有的事。一步一步，得以呈現。

所以無論是日常工作，還是寫作，對我來說似乎都是可以慢慢磨、慢慢來的事情，可一遇到自媒體，好像生活節奏完全被打破了，必須每天都要輸出，每天都要被更多人看到才是標準。

我跟同事說：「如果真的要做好自媒體，我只能花更多的時間才可以。但我現在根本做不到，我還有更重要的事要做。如果我把全部的時間都花在了自媒體上，那我就變成了一個沒有任何愛好、工作、特長的人了，我會變成一個『全身心為自媒體奮鬥』的人。」

我認識好些朋友，他們就是「全身心為自媒體奮鬥」的人。

他們全情投入，都做得不錯，在不同的自媒體成了大號。

但問題也隨之而來，因為出過上百萬的點讚影片，收穫了很多粉絲，所以就每天都想要更高點讚的影片。一旦點讚低了，整個人的心情都會受到影響。

久而久之，很多朋友會因為內容創作而崩潰，陷入自我懷疑，也會因為內容創作和人設定位與團隊爭吵散夥。

一個在抖音有五百萬粉絲的朋友前幾天給我打了一個電話，問我他該怎麼辦。

我笑起來：「你問我？我自己都不知道該怎麼辦！」

他說：「我每天都在絞盡腦汁想創意，就希望能維持住點讚。其實這些東西一點都沒意義，我自己都不會再看第二次，我甚至都不會拿給我的小孩看。我也不知道這麼走下去，我到底是會更受歡迎，還是又被其他人給取代了。很多人勸我趕緊變現，趁還有粉絲趕緊直播掙錢，可就算能變現，那未來三年五年十年，我該怎麼辦呢？我還能做些什麼呢？」

聽著他焦慮的語氣，我只能往好了說：「憑自己的實力掙錢，無可厚非。掙到錢，當成第一桶金，再去投資。三、五年後，你也該上岸了。」

朋友：「恐怕你忘記了，正因為我投資失敗，我才來做自媒體的。好羨慕你，有一個地方可以上班，還有一個自己喜歡的愛好。」

我說我也很羨慕你，有那麼多時間可以運作自媒體。

我倆不約而同又嘆了一口氣，這口氣和十年前我跟那個作者朋友的念頭一樣。

那時，我們希望能被人看見。

這時，我們希望每天都能被人看見。

看似我們的目標一直沒有變，但其實，我們的目標早就變了。

同事對我說：「現在人人都在自媒體發力，如果你不被人看見，就是被淘汰了。」

所以相當長的一段時間裡，我處於焦慮中，有時我和編劇們開完會，情緒立刻就開始低落，編劇們笑著問是不是又要弄頭髮了？打燈了？又要寫稿子錄影片了？

後來我去拜訪了一位棄用手機的朋友。

兩年前，她從大城市離職，搬回了湖南老家的村子裡，開始學習一直心心念念的水墨畫，家裡唯一能與外界聯繫的工具，就是一個固定電話。

我說我煩得不行，想去妳那住兩天，和妳聊聊天，順便欣賞一下妳的水墨畫。

她很歡迎，唯一的要求是：別用手機。

時節已過冬至，她在堂屋的火塘裡用木炭生了火，鐵架上煮了一壺白茶，咕嚕咕嚕冒出騰騰熱氣。

她的長條桌正對著屋外的群山，桌上鋪著宣紙，旁邊是畫筆、墨、噴壺。

我看她放在旁邊架子上的畫都是各種山，就問：「咋了，只畫山？」

「嗯，每天就畫眼前的群山，別以為它就是這個模樣，我每天看到的景色都不同。有時晴朗，群山通透，但多半時候雲霧繚繞，山形若隱若現。除了天氣的變化，時間不同景色也不一樣，我最喜歡黃昏時的群山，層層疊疊乾濕濃淡，對於用墨就是一種挑戰。」

「光聽妳說這些，我腦子裡就滿是畫面感了。」

「沒有真正學習水墨畫之前，我一直以為技巧是最重要的，但來了這裡之後，我才真正意識到我喜歡水墨畫的原因是因為意境，是因為審美。」

說著，她便上手潑墨開始畫起來，近山濃，遠山淺。

拿出噴壺噴的時候還會笑著說：「我都是直接上嘴吐的，但你來了，我多少保持一點矜持。」

看她投入的樣子和宣紙上漸漸成型的群山，我第一次近距離看到了墨分五彩的意義，理解了焦、濃、重、淡、清的區別。

我蹲坐在火塘邊喝著茶，看著她全情投入地作畫，感覺到了莫名其妙的快樂。

一切情緒都是流動的、和諧的，沒有任何聲音、動作去打破此刻的寧靜。

沒有微信提示聲，沒有短片「哎喲，我的媽」的特效聲，沒有不停往上划動的焦躁感，這裡什麼都沒有，卻感覺到了自己的存在。

腦子裡突然出現了一個比喻：此刻安靜愜意的生活像是一幅有意境的水墨畫，而彼時城市裡忙碌急躁的追逐感則像是精心扣合的樂高拼圖。

我住了兩天，沒有和朋友聊我任何的焦慮。

因為我看她作畫的樣子，那些問題便已經有了答案。

如果說以前沒有被看見，我的做法是努力去做自己喜歡的事，慢慢地積累成型，自然會吸引到對你感興趣的人。你不需要吸引所有人，只需要吸引同類人，哪怕一位都是有成就感的。

而現在如果依然焦慮，那就找一件事，讀書、看電影、作畫、談一次戀愛、運動……什麼都行，只要能讓自己安靜下來就行。

放下手機，少去對比，努力往自己渾濁的生活裡投一塊明礬，讓雜質快速沉澱，讓自己變得清澈，一切都迎刃而解了。

回程的時候，打開手機，好多訊息湧入。

其中有一條是同事發給我的：「同哥，下週要發的影片今天要錄給我了。」

我回：「如果你不介意的話，我就不打燈不戴麥不找角度了。我現在正在大巴車上，可以立刻錄給你，也許不夠好看，但我保證我說的東西是我此刻最想說的。好嗎？」

Chapter 16

Friendship Blossoms

就算沒有花束般的戀愛，有花束般的友情也是好的

一天，我終於完成了新書的全稿，點擊發送之後，就給小江發了一個訊息。

「我終於完成新書的終稿了，我超開心，你呢？最近開心嗎？」

他回我：「不怎麼開心，我打算從大學辭職了，回老家創業。」

他又補了一條：「你支持我嗎？」

我一驚，以前他的回覆都是「蠻好的，都在掌控之中」。

我立刻問：「你不是剛升上副教授嗎？」

小江：「就突然回望了一下，覺得這不是自己想要的，以後就算評了正教授，過程也肯定是自己不那麼喜歡的，所以趁還能折騰再做一些自己想做的事情吧。反正我有的是和世界對話的能力。」

看著最後那句話，我拿著手機笑起來，和小江約定等我回老家的時候再好好聊聊。

小江是我認識了二十年的朋友，說好友算不上，但我和他確實也共同擁有過一段短暫的死黨時光。

我們高中不同班，並不熟悉。

大學假期，同學聚會時聽聞我和他都在努力發表文章，同學說我倆應該切磋交流。

小江在西安讀大學，我在長沙讀大學，初次見面，彼此都有些瞧不上對方。

這種瞧不上不是文人相輕的那種實質性的瞧不上，而是我看他油頭粉面，梳一個鋥亮的髮型，覺得他哪裡會把心思花在寫作上。

他看我穿得花花綠綠，耳朵裡從頭到尾都塞著耳機，像戴了個助聽器。他覺得像我這樣的人，不過是把寫作當成了拗文藝青年人設的背景道具。

「你都在哪裡發表過文章？」

「一般都是省級報刊吧，你呢？」

「我？都是一些全國性發行的雜誌。」

聽聽這種幼稚的對話，根本不想了解對方寫過什麼，只想知道對方通過自己的努力搆到了什麼。所以我倆對彼此的瞧不上，還是有些道理的。

「噢。你的雜誌的名字我好像沒有聽過。」

「他們的稿費還蠻高的。你的報紙湖南應該看不到吧？」

「網易163的新聞網站可以看到電子版。」

又是一輪溢於言表的互嘲。

「你倆聊的我們都聽不懂，我們去打撞球了，你倆繼續。」幾個朋友撤了。

我倆沒說話，都略帶尷尬地笑起來。

我想了想，把耳機摘了下來。

「你不摘我還以為你戴著助聽器呢！」

「人一多，我就想戴著，有安全感。」

「你會放音樂嗎？」

「不想聽對方聊天就調高音量。而且配合著不同的背景音樂聽別人講話，感覺也不同。」

「剛才聊天的時候，你聽的是什麼歌？」

「宇多田光、Ｒ＆Ｂ（節奏布魯斯），所以剛才咱倆的聊天格外有節奏感。」

「新專輯？我最喜歡Can You Keep a Secret（〈你能保密嗎〉）和Distance（〈距離〉）。」小江笑起來。

我掏出ＣＤ控制器的液晶屏看了一眼，正在播放的歌曲是Distance。

「你喜歡她？」

「那首First Love（〈初戀〉）我聽了不下一千遍吧，然後就全部會唱了。」

那首歌我也聽過很多遍，尤其是寫東西的時候。

我正這麼想著，小江徑直用蹩腳的日語唱了起來，聲音超大，完全不顧忌旁桌的眼光。

朋友打完一局桌球回來，我和小江聊得不亦樂乎。

他們一臉驚呆：「你倆剛才不是還互相瞧不上嗎？」

「一拍即合的友情總是帶著陷阱……」我說。

小江立刻接下去：「不打不相識才符合邏輯。」

我很清楚為什麼我會喜歡和小江聊天。

因為曾獨自花了很多時間沉浸在某種氛圍和細節裡，所以非常清楚地知道內心流動的感受，突然有一個人也描繪出了一條和自己類似的心靈之路，就立刻會覺得「原來，我以為的孤獨並不孤獨。雖然我們不認識彼此，但在不同的地方，我們有著同樣的感受」。

多年後看電影《花束般的戀愛》時，每一次都被男女主角的巧合擊中內心，縱使他們最後沒有在一起，但在那麼多平行的時空裡，他們就是同一個人。這種感覺不分性別，不分年紀。

那天之後我和小江就成了朋友。

在與小江成為朋友之前，我一直覺得自己不太會交朋友，所以我交朋友的結果都不盡如人意。

很長一段時間，我覺得要主動交往的朋友，都應該是對方很優秀的那種，我要朝優秀的人靠近。只是當我靠近那些優秀的朋友之後，我和他們的聊天、相處、交往都非常不自然，像個小跟班。

抱著目的的交往，總不如發自內心來得自然。

而小江第一個讓我覺得——原來這就是好朋友。

我通過和他聊天來認識自己，我在他身上看到了自己的影子，我們就像共用著同一對觸角，分享著彼此對新世界的認知。

我和小江的聊天無須開場白，也不需要對某個話題假裝有興趣，喜歡就說喜歡，不喜歡就聽他說他為什麼不喜歡。

小江為我敞開了他的世界，我的格局和眼界一下就打開了。

我並不是指小江懂的東西比我多很多，而是他讓我敢於說出自己的想法。

也因為和小江相識，我才知道原來自己有那麼多的想法，只是在他面前我不怕被他嘲笑為傻子。

我們把曾經只敢藏在心裡一瞬間的東西拿出來討論，才發現原來一切的存在都有它們的意義。

他會在看著書的間隙，突然問我：「給你多少錢，你會裸奔？」

我一愣：「我為什麼要裸奔？」

他很認真地看著我：「你不要下意識為了維護尊嚴而反駁我嘛。說真的，你認真思考一下，如果我給你十萬塊，你願意裸奔嗎？」

那時我大二，發表一篇文章才三十塊錢，為了發表文章，投了很多稿，收到很多退稿信，給各種編輯部打了很多電話，遭到了很多拒絕。尊嚴這件事，有是有，但好像也沒那麼多。

我就反問：「在哪裡裸奔，周圍人多嗎？」

小江：「火車站廣場。」

我：「說實話，如果在火車站廣場上裸奔，你給我一千塊其實就夠了。」

小江：「那哪裡會更貴一些？」

我：「我們學校的廣場，因為好多熟人。」

小江：「那你需要多少錢？兩千？」

我非常認真地思考了這件事情所帶來的影響，回答他：「估計十萬也不行。」

小江很好奇，把書放下來，要和我討論這個問題。

我繼續解釋：「如果我為了十萬塊做了這件事，我大概會成為我們學校上下三屆一直被議論的對象，這件事情起碼會影響我十年。而這十年，是我應該很努力工作的時期，我不希望外界對我先入為主的評判影響我的努力，而使我失去我本應擁有的機會。十年之後，我三十歲，我應該能掙到比十萬更多的錢了。所以我不會為了這十萬而丟掉自己最珍貴的人生。」

小江不死心：「一百萬？在你們學校廣場？」

我搖搖頭。
小江：「五百萬？」
我衡量了一下，點點頭。
小江：「原因是？」
我：「我覺得大概可以拿出一百萬來打廣告，說我參加了這麼一個賭局，為了贏錢所以我就豁出去了。只要大家不把我當瘋子，應該也可以。」
我：「那我再問你一個問題吧，給你多少錢，你願意吃屎？」
小江很認真：「什麼類型的屎？」

大三的時候，我們都有了自己喜歡的人，還約好四個人一起出去旅行。
許久沒有聯繫後，他突然給我甩來一個訊息：「你是不是分手了？」
我那段時間確實處於分手後的反省期，反省的結論是：我現階段沒有任何戀愛的優勢和資格，不能因為大家都在談，我就跟風，應該把時間花在自己身上。
我也沒有隱瞞，直說了自己的處境。
小江說也好，希望你能早日實現自己進入傳媒行業的夢想。
我問他怎樣，他先發來一個「哈哈」，然後說他也分手了。
我問原因。
小江：「掐指一算，你被甩了，我覺得我不能獨美，要配合你的處境，才算得上好朋友嘛。」

臨近大四，我一直在電視台實習，而小江決定要考北京師範大學的中文系研究生。

我們相互鼓勵。

那時我的一篇文章被《青年文摘》轉載了，而他的一組詩歌被《讀者》轉載了。

我們都為彼此高興，但又都很賤地比來比去。

他問我：「是不是看《讀者》的讀者比較多？」

我問他：「我那篇文章的字數是一千五百字，你一組詩歌超過兩百字沒有？」

雖然我們還是像第一次見面那樣聊天，但我倆都知道我們其實都在為彼此開心，而且最妙的那種感覺是：好像擁有了雙倍的喜悅。

甚至可以大言不慚地說：「沒有我，哪有他？」

我倆養成了一個默契，但凡誰寫完一篇東西，無論多晚，都會發訊息給對方：「睡了嗎？」

這三個字代表的意思就是「就算睡了，只要還醒著，哪怕被吵醒，也請起來嗨，聽我念一下這篇極有可能名垂青史的文章」。

通常我們就會通很長時間的電話，一方念，一方聽。

我認識的很多作者都喜歡把文章發給別人，別人一口氣讀完之後再反饋意見。

不知道是不是受了小江的影響，我更喜歡別人在閱讀的過程中給我更及時的反饋。

我和小江就是這樣。

當他讀他的文章時，我會不停地打斷他。

「營生見荒」這個詞用得真好。

「一片兵刀狼煙」這個形容也很棒。

哈哈哈，這裡的對話很好笑。

哎呀，突然感動，我要哭了。

「流言傳得人心惶惶，於是我提心吊膽地問長輩」中間的「人心惶惶」是不是改成「沸沸揚揚」更好些？因為後面接了一個提心吊膽，感覺有點同質化。

就這樣，我們看雙份的書，寫雙份的文章，發雙份的刊物，這樣的時間持續了三年，我們都以為我們會這麼一直下去。

小江考北師大中文系研究生連考了兩年都只差一兩分，家裡不允許他考第三次了，要求他立刻工作。

我們通電話的時候，明顯感受得到他的力不從心。

「還打算考第三次嗎？」

「不知道，很迷茫，覺得自己什麼都不行。」

小江已經不寫東西了，他說自己心亂如麻，寫下來的東西也如同嚼蠟。

而那時的我在電視台工作一年後，也迷茫，決定去北京闖一闖。

我說：「我在北京等你啊。」

他乾笑了一下，什麼都沒說。

我們在電話裡沉默了一會兒，我不知道如何安慰他。

努力了一整年，得到了一個否定的結果。如果分數差太多，放棄就放棄了，偏偏他的努力讓他看到了希望，卻又不讓他到達，像海市蜃樓。

「我想想，這麼下去不是辦法，我確實需要找一份工作讓家裡人閉嘴才行。」

到了北京之後，我的雄心壯志瞬間就被北方沙塵暴給掩埋了。

日復一日地加班，看不到盡頭的模樣。

一起去北漂的朋友也散了；和同事也並不親近；領導有自己的小團隊；住在一套舊民居的二樓單間。

我和小江已經很少通電話了，可能我們都剛剛才見識到生活真正的面貌，少有喜悅，並無新鮮，日光裡飄著塵埃，底片泛黃。

舉起電話，沒有任何分享和交流的意願。

那就發個訊息吧。

「一天又結束了，今天似乎並沒有什麼起色。」

「嗯。」

一起鬧海的兩個人，看著彼此在相隔千里的陰溝裡慢慢溺水，卻無力施救。

想為對方大喊一聲「救命」，卻發現自己被困在夢裡。

這夢，這人生，這命運，再也沒人能在深夜裡去讀那些文字排列出來的美好了。

那隨心所欲的時光，肆意妄為的囂張，原來都只是紙上一擦就掉的年少荒唐。

才二十五歲的我，就開始習慣性地回頭望。

如果能看得到前方，又怎會不停地回頭望？

嘆了一口氣，繼續寫吧，哪怕失去了小江的閱讀，我也要堅持寫下去。

我深知，如果我連寫東西的習慣都丟了的話，我不僅會丟掉自己，我也會徹底失去小江。

我以為，他遲早會回來的。

但他沒有。

也是那一年，我寫了三年的小說終於被榕樹下出版了。

我收到了編輯給我寄來的第一本樣書，我看了又看，捧在手裡，放在枕頭下，我突然覺得我的未來是有希望的，我看到出口了。

雖然很捨不得，但我依然在扉頁上寫了一段話：

小江，如果沒有你，我走不到今天，也出版不了這本書，希望我們能一直這麼堅持下去，成為我們想要成為的那種人。這是我人生收到的第一本書，我相信以後我還會出很多很多本書，希望這本書能給你帶來力量。

劉同

二〇〇四年七月

認真寫完之後，我想立刻把這本書寄給小江，給他一個驚喜，我相信他一定會因此而開心的。

我問他：「你的郵寄地址還是這個嗎？我要給你寄一個東西。」

過了很久，他才回：「不是了，我搬走了。」

我一愣：「你不考研了？」

小江：「不考了。」

我：「那你？」

小江：「和考研培訓中心的人混熟了，就加盟當講師了。」

我：「你自己都沒考上，還去教別人考研？」

小江：「分數擺在這兒呢，起碼還是有點說服力的。好了，不說了，馬上就要關手機封閉式培訓了。」

那本書最終沒有寄出去，他已經做了決定，放棄考研，也不再寫作，這本書再出現的味道應該也變了吧。

我一直算著小江封閉培訓出來的日子，一週？半個月？一個月？三個月？

他一直沒給我訊息。

難不成他被判了無期徒刑？

我不知道他過得怎樣，但我因為出版了第一本書，有了這一點點的光，得到了喘口氣的機會。

雖然書的銷量不好，但因為一直寫著，所以也都會有出版社願意出版。

我便把心裡所想藉著文字的方式，一直與世界進行溝通與表達，這是我找到的最舒服的方法。

多年後，當我看到毛姆寫自己第一次看到高更的作品，和高更說的那番話，便想到了我和小江。

我倆也曾討論過：似乎每個人都有自己獨有的與世界溝通的方法，有些人是做菜，有些人是唱歌，有些人靠文字，有些人靠舞蹈，炸油條的，賣豬肉的，做壽司的，修鎖的，會算帳的，做手術的……這些人都沒有區別，他們只是找到了自己最擅長的方式，告訴世界，自己是一種不擰巴的存在，我在幹這件事情的時候最像我。

那時我還很疑惑地對小江說：「你看我天天聽音樂，花了好多時間，你說這有啥用咧？難道聽歌是我和世界溝通的方式？」

小江想了想：「總會派上用場的。」

一直到十幾年後，我在製作自己小說改編的電視劇時，裡面要用很多歌曲，我就把所有的歌曲的風格、感受一一列出來，和製作人徹夜探討，邀請不同的歌手，最後做出了一張原聲專輯。直到那時，我才意識到小江說的「總會派上用場」是這個意思。

只是我不知道，那個和我說出很多道理的小江，是否又找到了他和世界溝通的方式呢？

當我和小江斷交半年後，我突然覺得自己不應該再和他聯繫了。

人與人的關係，有很多個臨界點，靠多近，離多遠，說什麼話，辦什麼事，雖然誰都沒有明說，但那條線就在那兒。

於是曾經每天都要聊天的我們，在半年沒有聯繫之後，我也決定不再惦記了。

很快我就三十了，那天生日並不開心。

雖然工作有了起色，但存款少得可憐，不到兩萬。

我突然想起以前小江說給我十萬問我是否願意裸奔。

我當時拒絕了他來著，還信誓旦旦地說，等我三十歲的時候存款肯定不止十萬。

我突然笑起來，周圍的朋友問我咋了。

我說以前有十萬塊擺在我的面前，我沒有珍惜，現在有點後悔。

我突然很想小江，就給他發了一個訊息，沒回。

再打電話過去，已經是空號了。

我也沒想著一定要找到他。

我以為他換號起碼會通知我一下。

沒想到，我們距離已經那麼遠了。

再見小江又是兩年後，離我們上次見面已經過去了七、八年。遇到他的時候，是在三里屯的電影院。

我正在取票，他排在我後面。

我一轉身，看見他，還是以前的樣子，一點兒都沒變。

我倆都喜形於色，驚呼：「你怎麼在這裡？」

驚呼完之後，兩個人都有點尷尬，尷尬的點來自：那麼多年了，我們不應該假裝生疏一點嗎？

我倆都約了朋友看電影，但實在是有太多問題想要問了，就都放了朋友鴿子，兩個人找了旁邊的一家小酒館聊起了天。

小江在考研培訓機構工作了三年，兢兢業業，工作出色，錄取率高，很多學生因為他來報名，老闆就想把他納為合夥人。

小江拒絕了，三年裡，他省吃儉用存了一大筆錢，多數給了家裡，少數留下來繼續三戰考北師大。

「考上了？」我著急問。

他點點頭。

我鼻子一酸。

「我沒日沒夜掙了三年錢，掙得不少，給了家裡，是告訴他們我能掙錢，但這不是我向世界證明自己的方式。」

他說完這句話，我立馬抬頭看著他。

他接著說：「我看《月亮與六便士》的時候，毛姆說高更不適合畫畫，那不是他的表達方式，雖然那句話他說錯了，但我看的時候很感慨，就想到了當年咱倆的聊天。」

我抹了一把眼睛，害怕眼淚掉下來。

原來我們在不同的環境，不同的時間，依然想著同樣的事情，哪怕我們漸行漸遠。

「那你現在呢？研究生應該畢業了吧？」

「嗯。」

「那你現在在做什麼？」

「你猜。」小江搖頭晃腦。

我看著他的打扮，不像公務員，也不像在公司上班。穿了一件風衣，戴了一副金絲邊眼鏡，頭髮依然毫不凌亂。你說他是學中文的，我依然不信。像個出版社的編輯。

「猜完了。」我說。

「你猜錯了。」小江回。

「你咋知道我猜錯了？」

「那你猜的是啥？」

「我猜的是從事與文字相關的工作，編輯啥的。」

「就是錯了嘛，我後來考上了本校的博士，現在博三，應該會去別的大學當老師。」

原來，擔心對方溺亡的日子裡，我們都在潛水。

好多話想說，又不知道從哪裡開始能更得體。

我倆看著對方笑，覺得時間好快，但對方看起來都還蠻好。

小江先說：「你的每本書我都買了，每篇文章我都看了。我特別高興的是，你寫的東西裡一直有你，我完全可以感受到你的情緒波動，就好像你在電話裡跟我說話一樣，所以我一點都不擔心你。」

「那你還在寫東西嗎？」我問。

「不寫了。其實我老早就發現，寫作只是我想證明自己能力的方式，而那是你證明自己存在著的方式。也不怕你笑，除了能接受你給我寫的東西提意見之外，別人提的意見我都不能接受。但你不同，你越挫越勇，因為你根本不在意那些。我太在意它了，遲早會摔倒，不如趁早放棄。」

「這種說法還是頭一次聽到，長見識了。還挺可惜的。」

「沒什麼可惜的，任何花了時間的東西都會派上用場的，我現在寫論文和研究報告就比一般人順手，也得益於當時的鍛鍊吧。」

我倆一直聊到酒館打烊，就像當年一樣。

一晃又好幾年過去，我常年出差，做著常被打擊卻又很快能鼓起勇氣的事。

小江就在大學一邊教書一邊申請課題，寫各種論文，從助教到講師再到副教授，一路晉升，幹得很不錯。

我們問對方最多的幾個問題是：

怎麼樣，最近開心嗎？

此刻的開心是自己的能力能控制的嗎？還是掌握在別人手裡？

如果很開心，這種開心能持續下去嗎？

如果不開心，這種日子能看得到頭嗎？

我們不厭其煩地回覆著對方的提問，用來警醒隨時可能會被慣性麻痺的自己。

直到小江在文章的開頭說：「我要創業了。」

我一點都不擔心他，這一路走來，他只要決定去做一件事，都能把事情幹得很好。

哪怕他今年也已經四十歲了。

想著，我去書房的書櫃裡抽出了十幾年前就要送給他的我的第一本書。

翻開扉頁，上面依然字跡清晰地寫著當初的那段話。

想著，我又在底下新補了一段。

如今，我倆都用時間證明了我們有與這個世界溝通的能力，我會支持你的。

無論是二〇〇四年的我，還是二〇二一年的我，都會支持你。

劉同

二〇二一年十月二十七日

快遞取走後，我發了條訊息給他：「我給你寄了一份禮物，雖然遲到了十七年，但這就是我對你創業的態度。」

Chapter 17

I Want
My Life To Be

我想過自由又熱烈的人生

到北京工作之後，就很少回長沙了。

長沙是我大學四年又工作兩年的地方。

所以只要一回到長沙，內心就莫名興奮。

每每坐在計程車上，經過某個地方，我就對身邊的朋友說以下的內容：

「我曾經一個人走在這條路上，很想努力掙錢在這裡買房子。」

「我和一個很喜歡的人步行走過湘江大橋，一人一隻耳塞，聽的是孫燕姿的歌。

那時候還以為這段戀情可以堅持三個月，沒想到孫燕姿也只讓我們維持了一個月。」

「這條路的大樹夏天枝葉非常茂盛，我還想過在這裡開一家咖啡館來著。」

朋友看著我：「你是一條流浪狗嗎？」

「啊？」

「怎麼在長沙四處溜達，四處撒尿。」

「那是夢想！！！」

回味了幾秒，覺得二十出頭的自己確實像一條流浪狗，在這座煙火味十足的城市想找到一處可以歇腳的地方，到處尿，到處都是自己的地盤，多好。

記憶中的長沙，在用自己的裊裊煙火來對抗陰雨連綿，地面上雨水襯出來整個城市的倒影，任何一個剪影都是一篇散文，隨手一個長鏡頭就是一部電影。

相比之下，北京的空曠感讓人想到處闖一闖，無論做什麼都行，必須要找到自己的存在感。

上海空氣裡的愜意讓人想放空，找到一間不大卻舒適的房子，和喜歡的人躺在地板上，好像什麼都不做也可以。

去廣州出差，濕熱一頭砸來，整個人都是蒙的，穿個拖鞋、掛個背心、支個攤好像就是全部的世界。

總之，無論在任何環境，好像都能立刻做夢，潛入沉沉暮靄。

以前並不懂「人啊，要隨著環境改變自己」這句話。

怎麼改變呢？我連自己是誰都不知道，你還讓我改變自己，未免也太強人所難了些。

後來慢慢就知道了——生活把你五花大綁扔在一張床上，怎樣能入睡是你的事，平躺、側躺、蜷縮都行，如何折騰著解綁也是你的事，如果能伸手撈著任何一個物件，抱著入睡也不是不行。

改變自己，原來不是讓自己變成另一個人，而是讓自己的焦慮擔心不安，統統都化為心靜。

無論你面對怎樣的環境，變得安靜，才是真正的改變自己吧。

而人為什麼要變得安靜呢？

因為變得安靜，才能入夢。

經過城市英雄——長沙一家很大的電遊廳。

大學的時候，很喜歡在學校旁邊的電遊廳練習「手舞足蹈」跳舞機的遊戲，熟練之後就會進城到城市英雄玩個十塊錢，在一群陌生人面前展示一下自己。

雖然跳舞很一般，也沒什麼舞蹈動作，但勝在肌肉記憶好，無論多快的舞蹈，都能一個不漏。

一首曲子下來，別人都是在跳舞，而我像是拿了一把刀在那兒搏殺。

朋友說：「既然你手部動作比較靈敏，不如改玩打碟機吧，花的幣少，還不暴露你的缺陷，你玩跳舞機真的是浪費錢。」

我哼了一聲：「以後我就來這裡兼職工作，請你玩個夠。」

我說這句話的時候，我是真的想來這裡兼職，靠近自己喜歡的東西，又能工作，豈不是一件很愉快的事？

反正每每心情不好，情緒不高，我依然會買十塊錢的幣，在城市英雄玩個大半天。打碟機上有我保持的紀錄。格鬥遊戲一個幣可以玩通關，還有人因為見我玩得好，就把幣給我：「你玩得真好，你能不能用我的幣繼續玩，我就想看你玩。」

因此我也萌發過靠打電遊養活自己的念頭，只是不知道哪裡會招收我這樣的人，後來還是勸自己腳踏實地一點比較好。

說起來，我喜歡在兩個地方觀察人。

玩遊戲的電遊廳和喝酒的小清吧。

這些年每次出差，我都會用大眾點評找到當地評價很好的清吧，過去喝上一杯，看看去酒吧的那些人，就像他們也看著我一樣。多數去清吧的人只是為了打發那一段時光而已，並沒有強烈的交新朋友的慾望，看見和自己一樣獨處的人，徑直過去碰個杯，就能聊起天來。

什麼都聊。聊得一般，喝完一杯就走；聊得開心，就相互多請一杯酒。

說再見也不會要求留什麼聯繫方式，以後有緣還能在這裡相遇就對了。

我曾在天津出差的時候，在清吧遇見一個大伯，聊起來得知他是台灣人，出生在我的老家湖南郴州。於是我倆就聊起來，他說他小時候跟父母去過一次郴州，印象最深的是那裡的臘肉，很好吃，離開之後就再也吃不到那麼正宗的臘肉了。我立刻問調酒師要了紙和筆，記下了他的地址，讓好友給寄了幾條村子裡收上來的煙熏臘肉。告訴他，這是放在農村土灶上煙熏了一整年的臘肉，包你有那個味。

我們之後也再沒有聯繫過。

相逢就見歡，離別就遺忘，多簡單多自然。

而電遊廳相識的人是可以成為朋友的。

誰的遊戲打得好，一目了然。

站在旁邊待五分鐘，就是表達了足夠多的尊重與善意。

當你開口問：「你好厲害，能教教我嗎？」

對方多半會非常害羞地說：「還好啦，其實很簡單。」

當他說起來的時候，你就知道根本不簡單，但他說很簡單的時候，你就覺得這個人真不簡單。

通過玩遊戲，我認識了好多厲害的人，有保送清華的高三生，有建築公司的設計師，有自創品牌的年輕人。他們總是自己一個人來，我相信我們都不是缺朋友的人，但總覺得玩遊戲這件事情理應自己沉浸才好。

當時認識的那些人，到現在過了十幾年都還有聯繫，只是難有機會在老地方約上玩一局了。

有人結婚生子，有人晉升，有人出國唸書又回來，有人負責的項目成了全國知名的地標性建築，無論我們的生活如何改變，我們都還喜歡玩遊戲。

能想像嗎？幾個十幾二十歲的年輕人在遊戲廳相遇，成了好友，過了十幾年，大家都變成三、四十歲的中年人後，依然組成了戰隊，偶爾在《王者榮耀》的峽谷相聚。

我在群裡跟大家說：「我今天回長沙了，又來了一家新的城市英雄，好懷念當時我們在城市英雄消磨時光的日子啊。居然能一起研究玩遊戲的指法，哪些指頭負責哪些鍵，我們卻沒有一個人成為電競選手，實在有些可惜。」

建築師說：「沒關係，是電競行業失去了我們比較可惜。」

高三生已經在諮詢公司成了高級合夥人，他問我：「你還記得你當時給我們每個人送了一千個幣的事情嗎？」

我當然記得。

因為沒有能成功在城市英雄兼職，我心裡似乎總有些沒有完成的夢想。

後來我進入電視台當記者，負責一檔娛樂新聞節目每天五分鐘的內容，我就把兩期的內容放到了城市英雄拍攝，作為資源置換，城市英雄給節目組提供了好多代幣券。製片人看我喜歡玩，就給了我很多，我拿著一大沓代幣券分給了我的朋友們，他們吃驚地看著我，我就說：「你看，我不兼職也可以拿到福利了，是不是很了不起？」

夢是要做的，萬一真的實現了呢？

我做的夢真是千奇百怪，說出來也別笑。

長沙有一個很棒的糕點品牌，每次過端午節的時候，他家的粽子就特別受歡迎，但對於讀大學的我來說非常貴，八塊錢一個。

每次硬著頭皮買一個的時候，我就想：「什麼時候，我可以一次性吃到飽呢？」

後來也是在電視台，端午節的特別節目，我就去找這個品牌合作，讓他們的阿姨教全省人民做粽子，節目結束後，我拖回來兩千個粽子，全台員工發完後，還剩幾百個，我們節目組就每天吃每天吃，吃到吐了為止。

我讀高三的時候，徐懷鈺的歌曲給了我很大的動力。

一聽就開心，一聽就很有鬥志。

我就想著如果可能，我一定要當面對她說一句感謝。

沒想到她在事業上的發展並不順利，後來消失了許久，當她決定在上海復出開歌友會的時候，我已經三十歲了啊。

我就跑去上海聽她的歌友會，雖然第一句她就因為太久沒開歌友會而跑音了，但我依然忍不住飆淚。有生之年，我還能聽見徐懷鈺的歌友會。

三十八歲的時候，我寫的小說改成了電視劇，其中有一集寫的就是徐懷鈺開了一場歌友會，我決定無論如何都要邀請真正的她來電視劇裡開一場歌友會。

然後真的就實現了。

拍攝的那一天，我也沒過多說些什麼，就去了她的化妝間跟她說了一句：「妳好，徐懷鈺，我叫劉同，是這個電視劇的監製，也是這本小說的作者，妳的歌給了高三的我很多的鼓勵，非常感謝妳。」

說完我就退出來了，真開心，高三時自己做的那個夢實現了。

這部電視劇還完成了我另一個夢想。

因為高中的我很自卑，覺得自己哪裡都不對頭。

偶像是鍾漢良，大概是覺得他總是一副很陽光的樣子，所以打扮模仿他，參加班級的活動，也是跳他的舞蹈。

別人說看一個人的照片久了就會越來越像，我就把家裡的海報都貼成了鍾漢良。

我從事媒體行業後，鍾漢良來參加我負責的節目，我鼓起勇氣合了一張影，就跑了。

直到這部電視劇剪輯完畢，需要邀請人來唱片尾主題曲的時候，大家說希望能邀請到那種以前很厲害，現在也很厲害，能唱一首歌曲給年輕的自己的那種歌手。

我立馬就想到了鍾漢良。

然後鼓起勇氣寫了很長的訊息，託人轉發給了鍾漢良。

順便也附上了我寫的詞。

鍾漢良同意了。

我們是在台灣拍攝的ＭＶ。那天我早早到了，很激動。

ＭＶ開頭畫面，是鍾漢良對著錄音棚示意他準備好了。

錄音棚外，一隻手將錄音鍵推了上去。

那隻手是我的。

我超開心，和他出現在了一個作品裡！

大家笑我幼稚，也覺得我好玩。

「那你還有什麼夢想嗎？」

「當然啊，你剛不還說我像流浪狗一樣，到處撒尿做夢圈地盤嗎？」

「咳，快說說，我看看你還能不能實現？」

「我不說了，到時候我實現了再告訴你吧！」

「也行。我們現在去哪兒？」

「去劇組，他們今天在我讀書的湖南師大文學院拍攝。」

我在湖南師大文學院中文系讀了四年書，我很想用自己的方式來記錄這裡。

終於，我在工作十八年之後，帶著我編劇的電影來師大拍攝了。

這也是當年做的一個夢。

Chapter 18

Gotta Love Something

人啊，多少得愛著點什麼

十八歲離開家鄉外出讀大學時，完全沒想到，之後再難回來了。

為了掙脫地心引力而奮起的那一蹦，倒是成功了，之後好多年飄在地球上空，費盡心力才能回家一次。

雙腳站在熟悉的街道，嘴裡放入熟悉的味道，一群老友圍坐在一起，都讓人感到安心。

所以每次回家，我更像是位遊客，任朋友們帶著我去各種小餐館大快朵頤。

「就不帶你去什麼網紅店、大餐廳了，我知道比起那些來，你更喜歡不起眼卻好吃的小店。」

朋友們都很了解我，我總覺得網紅店和大餐廳總是太工業化，裡面少了一點真心。

而小店的每位客人都是衣食父母，先無論菜色如何，老闆笑瞇瞇地把菜端上來的模樣就能大大地發酵用餐的愉悅感。

這幾年因為回家鄉的次數多了，去的店也多了，突然就想把這些小店用文字給記錄下來。

另外的私心就是如果我的讀者某一天來到了郴州，或許也能抽些時間去光顧一下這些小店。

準確來說，裕後街的三佳口味館並不算小店，它已經穩坐郴州知名老店的位置了。之所以把它放在第一個寫，完全是因為我是看著它一天一天、一年一年做到今天的。

那個最初在北湖路停車場內支大棚的夜宵攤，應該想像不到自己未來能成為一家口碑那麼好的店吧。

三佳最早的名字叫敏記耳朵館，之所以叫耳朵館，是因為它的招牌菜是一道紅油豬耳。

廚師把豬耳朵切得又細又薄，每片都幾近透明，一盤端上來，外地人根本看不出是豬耳朵。上面淋了紅油蘸料，蔥薑蒜一撒，筷子一夾，裹著特製的紅油豆瓣辣醬放進口中，又脆又香，味覺爆炸。

去的每桌客人都必點這道菜。

敏記耳朵館是停車場裡生意最好的夜宵攤。

除了口味，老闆也是生意好的原因之一。

敏記敏記，大家都稱呼老闆為「敏姐」，敏姐對每個客人都笑瞇瞇的，像個女菩薩。

最初去的時候，我和朋友們都還是學生，她看見我們就很開心，每次都會多送一兩個菜。

敏姐喜歡聽我們聊天，只要手上沒事，就一屁股坐在我們桌，笑嘻嘻地聽著我們聊天。

我們擔心影響她的工作，讓她不必陪我們。

敏姐很不好意思地說：「沒有沒有，我就是很喜歡聽你們聊天，聊的那些事情都是我平時接觸不到的。如果你們覺得不舒服，那我就走。」

我們連忙說：「沒有沒有，妳那麼大一個老闆坐在這裡，我們高興還來不及。」

說實話，那時的我們都十八、九歲，覺得能像敏姐這樣開一家夜宵攤，迎來送往那麼多朋友，真的是一件很了不起的事情。我們稱呼她大老闆，不是恭維，而是我們心裡的大老闆就這樣——努力，勤奮，看不見倦怠，和夥計的關係好，一旦有人鬧事，她也毫不畏懼，一個人頂上去解決所有事。受了委屈，眼淚在眼眶裡轉，就是流不下來。

如果我們進入社會能成為這樣的人該多好啊，我們感嘆。

敏姐連忙說：「你們一定比我有出息多了，大學生，見過世面，以後你們每年回來能過來吃一頓，我就很開心了。你們都會比我厲害的。」

我們舉起杯子答應她，以後每次回來都一定來看看她。

敏姐一開心就又給我們拿來一些啤酒讓我們繼續。

有時吃得高興，一聊天就到了半夜，成了最後一桌。

敏姐睏得不行，交代我們：「後廚還有幾個小菜，你們餓了自己開火炒就行，我走了。」

朋友曾說起過敏姐的情況——很早就離婚了，一個人帶小孩，開大排檔，很不容易，所以大家也常來照顧生意。

後來停車場拆了，耳朵館也失去了場地，敏姐就帶著員工去承包其他餐廳的夜宵。

我讀大學時，她在北湖路；我工作了，她在人民西路；我北漂了，她去了香雪路。

不過無論她去哪兒，她的員工和顧客都一直跟著她。

直到前幾年，主打風情旅遊的裕後街改建後，整條街空空蕩蕩，大力招商。第一個開店的就是敏姐，看起來她終於攢夠了錢，也終於找到了好的合作者，把名字改成了「三佳」，熱熱鬧鬧地開業了。

眼看著這家店靠一己之力帶動了裕後街的夜宵經濟，現在的裕後街一到了傍晚就人聲鼎沸，三佳功不可沒。

三佳很多菜都好吃。除了招牌紅油豬耳，酸湯黃鴨叫火鍋我每次必點，脆皮大腸也是下酒的好菜，但我最喜歡的還是他家的油爆蝦，又大又新鮮，蘸料也好。

很認真的敏姐，一直做著餐飲，慢慢地，這些年我發現我身邊很多朋友都去過她的店，我就很得意地說：「我是看著這家店長大的。」

五里堆路邊的小陳餐館。

如果不是朋友帶我去，我在這個店門前來回走一百趟都不會推門進去。

你可以想像一下，五里堆路熱熱鬧鬧的街邊門臉中一個很小的門面，像個粉店，裡面很簡單地放了幾張小桌子，店招牌就是四個字「小陳餐館」。

無論如何也不像能招呼朋友們一起吃晚餐的地方。

第一次去，幾個朋友把店內的幾張小桌子湊起來一拼，大家圍著一坐，店就滿了。

朋友得意地說：「看，私房菜。我們往這一坐，老闆就不用接別的客了。」

老闆是一對九〇後小夫妻，老公負責炒菜，老婆負責接待。

我很疑惑這樣的小餐館到底做了什麼菜能讓朋友們極力推薦。

直到老闆娘端上來第一個菜，它的菜是用大鋼盆盛的……

土雞、豬腳、牛排、馬鈴薯排骨、鳳爪……每個菜都放在大鋼盤（盆）裡，分量很足，口味很好。

吃過一次之後，我就想著約各種朋友來。

我總是提前坐在店裡等他們，很多朋友按照定位找到小陳餐館之後，表情特別疑惑，抬頭看看招牌，又看看手機，臉上都是一副疑惑的表情，在外面左看看右看看，懷疑自己是不是走錯了。我坐在裡面狂招手，他們才會鬆一口氣，推門進來，第一句話都是：「這地方，是怎麼被你找到的？」

誰說好吃的地方就一定要有光鮮的門臉？

因為店面小，大家圍坐在一起特別吵，老闆娘就坐在旁邊的沙發上玩手機，我很不好意思地問老闆娘：「我們是不是太吵了？」

老闆娘就笑：「沒關係，反正我也沒什麼客人，全是你們。你們開心就好。」

一來二去，帶了好些朋友來，後來我聽說一個做房地產的朋友希望小陳夫妻能去他們那開店，給他們很好的開店條件，也保證他們的客流量。

聽說這件事後，我又開心，覺得小陳夫妻未來一定會越來越好。

我又擔心，擔心以後去排不上隊，也沒有這種小小又恣意的環境了。

東街的金牌盒飯。

這是郴州的老牌便當店，門面毫不起眼。

好多次我去吃便當，來回走了幾趟都沒找著，一度以為關店了。

它沒有店名，就兩扇玻璃門，黑乎乎的。

店家把所有可以炒的食材全部印在了菜單上，什麼牛肉牛肚飯、牛肉豬耳飯、大腸牛肚飯、叉燒牛舌飯、牛肚牛舌飯、牛肉炒蛋飯……感覺像做一道數學題，我可以寫一整天。

好食材，好青椒，猛火一翻，蓋在粒粒分明的米飯上，一個巨大的鐵碗端上來，一路飄著香氣。所有等待的食客便抻著脖子看是不是自己點的那一份。

我大概有好幾年，每次要回北京工作之前，都會來這裡吃一個便當再趕去高鐵站。如果時間來不及，也會打個包帶在車上吃。

而外地的朋友們來郴州玩，我也必定會帶他們來金牌盒飯。吃慣大魚大肉的他們，從未見過這種陣勢，每碗飯上來，讓人垂涎欲滴的青椒食材配色，讓朋友們一時不知道自己是該立刻吃一口大快朵頤，還是應該拿出手機先發個朋友圈。

其實關於這個便當店，還有一件更有趣的事情。

我有個朋友叫阿香，我們是小學和高中的同學，關係也好，每天一起上學放學的那種。

考上大學之後，我倆的聯繫就越來越少了，直到徹底失去聯絡。

有一年，我放假回家，坐在星巴克，突然有人喊我一聲，我一看是阿香。

我們就這麼恢復了聯繫。

看起來，我倆小時候的關係確實不錯，哪怕十幾年沒聯繫，但待在一起，又回到了當初的模樣，一點都不局促。

一次，我第二天要回北京，阿香說他中午沒事可以送我去高鐵站，我說好。

「中午吃什麼呢？」

「我帶你去一家特別棒的店，我每次走之前必去。」

「噢，那好的。」

我就帶他去了金牌盒飯，我幫他點了一份之後，就一直介紹這家店有多好吃，也沒有注意到他的表情古怪，一直催我快吃，別說了。

「我最喜歡牛肉雞蛋，金牌魚頭飯也很絕，加一份三鮮湯，真的不得了。」

「哦哦哦哦，好的。」

走的時候，阿香站起來跟老闆說了一句：「走了。」

老闆頭也沒抬：「好。」

我準備去買單，阿香說：「不用買。」

我一時沒搞清楚狀況。

「走啊。」阿香招呼我。

我確認是真的不用買單之後，追了出去，問他咋回事。

阿香尷尬地說：「這是我家的店，那是我表哥，我初中的時候沒錢了就來這裡打工端便當，你不知道嗎？」

「啊？」

後來我去這裡吃飯，再也不叫阿香了，都是自己偷偷去。

主要是害怕他又不買單，感覺我像個吃白食的。

燕泉路的銀鑫閣。

這是一家煲仔飯店。

他家也是什麼菜都可以現炒，只有你想不到的，沒有他做不出來的。

每個人一個鍋巴焦得恰到好處的煲仔飯，點的菜現炒了直接往上一蓋，湯汁流進煲仔飯裡，一拌，十分絕。

這家店會送每位食客一份稍微有點涼的例湯和一份分量有點少的甜品。雖然是送的，但味道確實不錯。

銀鑫閣生意很好，門面不大，進去之後兩層樓，裡面全是座位，到了飯點，過道上也是等位的食客，哪裡有座位就坐下去，大家擠在一起吃。

很少有人閒聊，大家都是吃完就走，毫不含糊。

協作路的高興土菜館。

老火車站旁的協作路上有一片大排檔，高興就是其中一家。

高興的門面不大，我們從未坐在裡面過，這樣的店，必須坐在路邊，和很多人擠在一起，才能吃出感覺。

郴州常常是雨天，一到下雨天，我就喜歡去高興。

支個大雨棚，八、九個朋友緊緊地圍在一起，聽著四周此起彼伏的划拳聲，舒適愜意。

這裡大概是最市井的大排檔，遠離市中心，臨近火車站，用餐的食客都比別處顯得更江湖、更隨意。

這裡的消費自然也比市中心的餐館要便宜不少，老闆也有一個特長，你想點什麼菜都行，兩個完全不搭界的菜，只要你想得出來，老闆都能給你炒出來。便當這麼炒，我覺得還行。但炒菜敢這麼炒，就十分考驗老闆的功底了。

老闆應該非常知道食材與食材之間需要怎樣的調味料，以嫁接不同食材的口感。雖然只是中式街邊小炒，但每道菜的輔料選擇的考究程度不比西餐什麼的低。

一位編劇女同事在郴州寫了三個月的劇本，一直很拘謹客氣，直到她走的前一天，我們為她餞行，就帶她來了高興。

喝了幾杯，一邊聽著雨聲，一邊感受著每家炒菜店的火熱，女同事突然說：「我好喜歡這裡啊，我終於知道為什麼你那麼喜歡郴州了。好像我的生活裡就是一直太冷靜了，也沒有你這樣的一幫朋友……」

不曉得是酒精的作用，還是雨的作用，看著桌上滿滿當當十幾個菜，旁邊各個店門的門口，大廚們顛著鍋，翻著火，很容易就會產生「幸福也不過如此」的感慨。

龍泉路的李五麻辣燙。

凌晨一點，阿香說帶我們去吃一家麻辣燙。

到了李五麻辣燙，一個小店面，裡面只能坐六桌，門口還有好多人在等位。

輪到我們的時候，整個人都疲了。

我問阿香：「麻辣燙再好吃又能有多好吃？能拯救我午夜已然頹唐的靈魂嗎？」

事實證明我錯了，這家小店食材新鮮，最重要的是他的蘸料十分入味，就在我挑選各種串串的時候，阿香從門口拿了一大把新鮮的基圍蝦回來。

「都是衝著這個來的。」阿香搖了搖手裡的基圍蝦。

李五的基圍蝦不僅新鮮，而且便宜，一塊錢一隻。

六個人吃得巨飽，才花了兩百多塊錢。

吃過一次之後，我便念念不忘，又擔心去了之後要排很久的隊。

阿香告訴我，李五擴店面了，把旁邊的店也租下來了。

按道理，小店要擴張都是左右上下挨著擴張，連在一起才有氣勢。

當我們去了之後，發現李五租的是這條街上完全不挨著的門面。

一個門面隔了原店三、四個門面，一個門面乾脆在街的對面，三個用餐區形成了三角形，取材區在第一家店，所以食客們就端著餐盤在這條街上來回走動，倒也成了風景。

寫劇本的那幾個月，我不曉得我們去了多少次李五，聊了多少情節，大聲說話，大聲爭執。

周圍的顧客或是情侶約會，或是同學聚會，大家聊著過去的事，也聊著對未來的憧憬。涮鍋裡的水蒸氣滾滾上行，滿面通紅的顧客們興致昂揚，這家不起眼的李五麻辣燙興許承載了很多年輕人的夢想。

還有需要開車上山的梨樹山村的山湖農莊，他們家的小炒牛肉、青椒炒蛋、芋頭麩子肉很好吃。幾個簡易工裝大棚，幾間老平房，顧客來來往往。

磨心塘的蜜友私房菜，餐前送的酸甜蘿蔔片和紅豆湯口味都好，似乎光吃送的東西就能吃飽了。很多食客是衝著他家的薑辣鳳爪而來，又糯又嫩又易脫骨。

香花路的跳跳蛙愛上老么雞，大眾點評幾乎沒有評價，老闆也不知道如何宣傳，來來往往的多半是老顧客。人人要一份中辣的跳跳蛙，多加一份手撕包菜，沒吃兩口，腦門冒汗，一頓風捲殘雲。再問老闆要半斤筋道的清水麵，放入盆中，吃一口，就會產生那種「哪怕今晚胖二十斤，也要吃完這半斤清水麵」的錯覺。

梨樹山大道邊的滿香土鴨私房菜館，主打血鴨。據說老闆之前是養鴨的，養的鴨銷路不太好，就開了一個菜館，用自己的鴨來做血鴨。沒想到一炮而紅，就修了一個大棚，到了飯點，全部滿座，鴨好吃，也有那種人人認可的熱鬧。

曹家坪路的劉胖子柴火魚莊，黃燜黃鴨叫很容易就斷貨，東江的新鮮雄魚湯是它的招牌，不過你只要用土雞蛋燜黃牛肉一個菜就可以徹底打發我。

道口的梁記羊肉館，羊肉新鮮不說，每一坨羊肉，連皮帶肉，感覺沒有任何邊角料的廢肉，也沒有吃到嘴裡感覺不舒服的碎骨頭，一看就知道是老闆刻意又執拗的堅持。

萬華路七里洞的上席民間菜，是一座舊民宅，啖囉鴨和上湯嫩桑葉，是每次的必點。

差點忘記了飛天山的竹緣柴火農家樂，大眾點評上沒有收錄，只能在地圖上找到。倚山而建，面朝東江峭壁，風景絕好，尤其是傍晚夕陽鋪滿江面，能燃燒近半個小時。點一隻土雞，一雞兩吃，燉和炒都非常妙。其餘的菜也都是天然食材，坐在那兒，就算喝杯茶都覺得舒心。

常常會有讀者私信問我：「同哥，如果我要去郴州旅行，哪裡吃夜宵比較熱鬧啊？」同心路的雙龍夜市廣場是夜宵店的集合，愛蓮湖旁邊的歡樂海岸貝殼夜市也熱鬧，東風路夜宵攤曾輝煌了一陣子，整頓之後，還剩一些不錯的老店，靠近市中心的妙街里也有很多口味店，五里堆路吃燒雞公的一條街，這些都是可以去感受的地方。

開始寫這篇文章的時候還是下午，寫到這兒，發現窗外天已經全黑了。

汪曾祺先生不是說了嗎？人總要待在一種什麼東西裡，沉溺其中。苟有所得，才能證實自己的存在，切實地活出自己的價值。

此刻飢腸轆轆，唾沫橫流，滿腦子各種鄉味交織在一起又各有脈絡。家鄉美食太多，美好的事物也多，我的書寫只能是管中窺豹。

如果有一天你來了，希望這些潦草又帶著飢餓的文字，能給你帶來一點點心安。

汪先生還說了：「人啊，一定要愛著點兒什麼，恰似草木對光陰的鍾情。」

於我而言，這些美食恰恰是我作為遊子對故鄉的惦記。

Chapter 19

A Toast to Voyage

旅行就像一杯雞尾酒，我喜歡一飲而盡的微醺感

我對於旅行這回事一直很困惑。

這種困惑由來已久，只是最近才突然意識到具體的緣由是什麼。

每次結束一段旅行，周圍的朋友就會問我：「劉同，你去的那個地方好玩嗎？我也想去，有什麼攻略嗎？」

我的回答都是：「超好玩。太好了。但我忘記了。」

朋友覺得我太敷衍他們。

天地良心，我是真的完全不記得那些細節，因為我想——世界那麼大，我來了一次，也不會來第二次，我記住它們沒用，記住它們給我帶來的感受才比較重要。

我人生中，唯一的特例就是幾年前請了一段長假去洛杉磯學英語，寫了很多的日

記。但如果不是那時每天上課，寫完作業後，順便寫了日記，關於洛杉磯的一切，我也依然是一句話：「哇，真的很有趣，遇見了好多事，蠻不一樣的。」

我對於所有我旅行過的地方，一旦沒有即刻記錄，而決定回來再寫，就啥也寫不出來了。腦袋裡只有成型的拼圖，完全不記得是由哪些零件組裝出來的了。

就像……畫家要趕在太陽完全出來前完成那幅日出的畫作一樣，只能盡快揮灑整塊的色彩，來不及細微修飾。

哪裡有光，哪裡悲傷，只能趕緊描繪出個印象。

如果硬要寫得像本旅行指導手冊也不是不行，那就把旅行當成一項工作，隨時記錄，隨時拍照，回來再整理。

可這又並不是我旅行的初心——投入，感受，不想當成期末測試，課上小抄，課後朗讀背誦。

我人生中見過最詭異的一篇遊記，忘了是在哪個雜誌上看到的了，全篇是由國外的地名組成。

我從a地到b地，到了c地，後來到了d地，發現e地旁邊是f地，騎行後沒多久就到了g地，然後乘飛機經過了h、i、j、k地，落地l、m、n地……二十六個英文字母還不夠作者用的，得無限循環使用才行。

我不知道作者是覺得這些地名好聽，想讓讀者了解起名的藝術，還是作者買了一張聯程機票，有集郵打卡的愛好，然後炫耀給朋友看：你看，我可是去過一百多個外國城市的人噢。

又或者……跟我一樣寫不出遊記，卻又到了截稿日期，於是乾脆從旅行箱裡的廢紙堆裡，找出一張當地的旅行地圖，對著地名手抄了一遍？

總之，我對於寫旅行遊記十分不擅長。

最近在看《梵谷傳》，看著看著，突然就意識到，我對於旅行的記錄就算做不到寫實派，那走走印象派的路線也是可行的嘛。

感受不是比細節更重要嗎？

而且我不相信這個世界上只有我一個人記不住旅行的細節，對吧？

我就嘗試著從回憶裡去尋找以前旅行的感受。

比如北海道我去過兩次，第一次是和幾個好朋友帶父母一起去的。

選北海道的原因十分簡單。

因為在很多影片裡見過了北海道的雪，就很想去拍一張站在皚皚大雪中的照片。

事實證明，如果沒有會拍照的朋友和你一起，且你也不怎麼擅長擺拍照姿勢的話，那麼雪是雪，你是你，你無法融入美景，美景也並不想配合你。

總之看了我好多雪景裡的照片，凍到不行，全是大寫的尷尬。

因為北海道太大，我們就選了其中的一個小鎮，離札幌國際滑雪場比較近，名字我果然忘記了。

整個小鎮被雪厚厚地蓋了一層，作為南方人的我們，第一次見到那麼大那麼厚的雪。

把東西一放到酒店，十幾個人就立刻跑到鎮上，欣賞起雪景來。

鎮很小，就一條行車道，兩邊房子也少，沒什麼路。

走了二十分鐘，就到了盡頭，也找不到吃飯的地方，於是大家又回到了酒店。

怎麼都沒想到，原來在北海道最值得留戀的地方是酒店。

我們住的酒店包食宿，一群人就穿著睡衣在酒店裡吃吃，再去酒店的露天溫泉閉著眼睛感受落雪，之後再坐在玻璃房子裡邊烤火邊喝上一杯。

那三天，大雪把所有人困在酒店，一大家子人聚在一起，現在想起來也覺得暖暖的。

第二次去北海道，是和幾個好朋友去那裡專門的滑雪場，住在滑雪場的酒店裡。

非常抱歉，滑雪場的名字和酒店的名字我也忘記了，依稀記得好像是kiroro？

如果錯了就錯了，我也懶得查了，說說感受比較重要。

那個滑雪場的雪真是厚啊，我從山頭滾到山尾居然沒受傷。

滑雪場周邊的設施也很齊全，有好吃的西餐，好吃的烤肉，好吃的種種，只不過都需要提前預訂，臨時去常常排不到座位。

滑了雪，吃一頓烤肉，喝著啤酒，是非常愜意的事。

唯一的不足是，太貴了。

有一天，我們心一橫，決定放開了吃，七個人吃了六千多人民幣……

後來我們就學會了。

隨便吃一點什麼，吃飽就好了，然後去便利店買好多果酒帶回房間。

大家一起在房間裡玩各種遊戲，能夠笑死所有人。

這麼說起來，在北海道這樣的地方，只要人多、有趣、熱鬧，就能留下美好的回憶。

我們也帶父母去過泰國。

泰國非常適合帶父母去。

物價便宜，每位家長帶兩千泰銖（約五百元人民幣），一條幾百公尺的街，他們可以逛一整天。

累了就在路邊的按摩攤按腳，只需要兩百泰銖（相當於五十元人民幣）就好。

泰國的海鮮便宜，夜市非常吵，一大夥人隨便吃，隨便點，也吃不了多少。

我們只去過曼谷和芭堤雅，這兩個地方都讓父母非常輕鬆，不會說這個太貴，那個不行。

一群媽媽一直感嘆：「哇，真的很便宜。」

這種場景，是作為子女的我們，最舒心的時刻。

不帶父母一起去的泰國，和朋友出行又有另一番味道。

有一次跨年，我和老家的七、八個朋友相約在曼谷。

我們正計畫要在哪裡迎接新年，就聽聞一個朋友組織了特別的活動——他租了一條船，夜遊湄南河，大家只要ＡＡ酒錢和租船的費用就行了。

我們登上了船。

船上男男女女好幾十人，都是各地來泰國跨年的年輕人。

剛開始大家都有些放不開，組織活動的朋友是做公關出身，放起準備好的泰國舞曲串燒，燈光一開，大家覺得蠻好笑的，「哈哈哈」之後都不那麼拘謹了。

有趣歸有趣，但總覺得迎新年是不是還差點什麼。

我問朋友：「我們一會兒會在船上放煙火嗎？」

他搖搖頭：「我沒有準備，煙火太貴了，負擔不起，還危險。」

我稍微有些失落。

等到了當地時間11:30，我們的船正經過泰國最繁華的商業區，依河而建的一家五星級酒店突然放起了煙火。

煙花映亮了湄南河，映亮了整條船，所有人都停下來看著眼前的煙火，發出驚嘆。

朋友得意地笑起來。

我才知道他這次活動的真實目的是什麼——

整條河邊都是五星級酒店，每個酒店都有自己的煙火。

而我們乘著船，聽著歌，仰著頭，端著酒杯，完全忘記了自己身在何處。

零點來臨那刻，兩岸煙火齊飛，所有人嘴巴微張，臉上的光芒交錯，就像是幅油畫。

我們沒有在看煙火，我們就是煙火本身。

下船的時候，每個人都緊緊地握著策劃這次活動的朋友的手，感謝他讓我們體會到了人生中最絢爛的時刻。

他擺擺手：「沒關係啦，下次再來。」

之後，疫情來了，我們自然也就沒有了第二次。

但能擁有一次，就足以回味很多年了。

前年，和三位好朋友相約去了冰島。

假期有限，朋友問我要去幾個城市。

想著未來再去的機會可能也不太多，就說安排個老年團的計畫吧。

所謂的老年團的計畫，就是那種四天五夜八城市的安排，趁著還能走，就多走走。

我們都還算身強力壯，十三天我們跑了九個城市，中途大家都累壞了，臨時還修改了計畫。

但要說美，那是真的美。

一望無際的草原，那麼近的山，那麼藍的天，那麼白的雲，一望無盡的路，杳無人煙的世界——我這種形容已經非常天花板了，其實當我們看到這種景色的時候，我們前三天一路只會：啊啊啊啊啊！哇哇哇哇哇！

不是找不出詞語來形容，而是為什麼要找到詞語來形容，「啊啊啊啊啊」不就是最激動人心的詞語嗎？

你想想看，你人生中很興奮的那些個時刻，不都是簡單的語氣助詞嗎？

反正前三天，無論是坐火車、飛機，還是開車環島遊，看到任何東西都是「啊啊啊啊啊」。

三天之後，全部人都疲了，再美的風景，張張嘴：「真棒。」

然後連手機都不願掏出來拍照。

心裡只有一個目標：何時才能到酒店呢？

要說收穫還是很多的。

比如大家都說旅行就一定要吃當地的美食。

但經過多次旅行之後，我發現我們很難找到當地的美食，隨便找了一家店，吃完之後覺得普通，還要安慰自己：好了啦，入鄉隨俗。

之後我們就改變了策略：能應付的飲食就盡量應付，把餐費集合起來預訂一家米其林餐廳，吃到真正的當地美食。如果實在想要解饞，每餐吃中餐是最好的選擇。

這個方法極其管用，好幾次旅行到一半，心情就會因為思鄉而低落，這時吃上一頓麻辣火鍋、一份麻婆豆腐、幾塊水煮魚，整個人立刻就能活過來。

毫不誇張地說，巴黎、雷克雅未克、霍芬、蘇黎世、盧塞恩、因特拉肯、尼斯、摩納哥（這一段我還真是按地圖抄的），這一段路程上為數寥寥的中餐館，都有我的五星好評。

我一直覺得同胞們要把中國的食材弄到這麼老遠的地方來，開一家中餐廳，讓中國同胞能隨時吃到家鄉的味道，這本身就值得十顆星了。

乘火車去少女峰的時候，經過了格林德瓦，那個聞名世界的童話鎮。

火車一轉彎，就進入了格林德瓦的山谷。

坐落在山坡上的小房子，湖泊上的帆船，陽光透過白雲灑落的陰影，每一塊色彩都涇渭分明，大自然的飽和度在這裡達到了最完美的平衡。

本以為看夠了風景，再美也不過如此了，但此刻我連喊「啊」都不會了，只是張大了嘴，怕發出的聲音吵醒了眼前的寧靜。

「想來這裡住一週嗎？」

「啊，好美，還是不了吧。」

「為啥？」

「只要住了就顯然會愛上，一個必定想留下來卻又必定會離開的地方，為什麼要讓自己得到了又失去呢？」

好像也對。

北歐的風景美得很現實，花更多的錢就能享受更多的服務，體驗更多的新鮮。

登山前，我買了五瓶普通礦泉水，花了三百多塊人民幣。

在餐館點了一份馬鈴薯絲，花了兩百四十塊人民幣。

訂了兩間坐落在曠野中的設計師酒店，一晚將近一萬元人民幣。第二天拉開窗簾，看到一望無際的曠野，騰騰升起的地熱蒸汽，還是覺得這一咬牙的消費是很值得的。

一開心，就從箱子裡掏出一盒速食湖南米粉。

對著北歐的絕美風景，吃上一碗香辣的湖南米粉，太爽了。

從北歐回來後，朋友問：「北歐給你留下最深刻的印象是什麼？」

我：「攢錢，攢足夠多的錢。」

有些旅行，你很清楚一生只需要經歷一次就夠了。

早幾年，我們幾個朋友租了一輛車從東京開到鎌倉。

搜到了熱海的一家很難預訂的民宿，剛好還空了一間。

一間房可以住四個人，再加張床，包食宿，但一晚的費用相當於我們三天的住宿費。

那間民宿建在海邊，隔著海能看見富士山。

我們五個人看著圖片，來回傳閱。

不知道誰說「錢還能再掙，但這次不住就沒機會了」。

當天晚上我們躺在房間外的露天溫泉裡，聽著大海的聲音，看著天空時不時劃過的流星，大家互相對視一眼，舉起手中的酒杯：「努力吧，加油工作吧，希望以後我們還能選擇這樣的旅行。」

有些旅行，你在行進的過程中，就想著下一次一定要和誰誰誰再來一次。

比如在洛杉磯結束英文課程後，我和朋友們租了一輛房車，沿著一號海濱公路，由南往北，聖地牙哥、洛杉磯、舊金山，一路開過去。

途經很多小鎮，去當地酒吧喝上一杯，然後回車裡休息。

打開車頂，滿天繁星，海浪撞擊岩石的聲音，能在回憶裡久久不息。

於是拍照發給好朋友們，約好了一定再來一次。

同樣的風景，和不同的人經歷，會有不一樣的感受，但最關鍵的是——我想把自己經歷過最好的東西都分享給你。

去年十一月，出版社約我和編輯團隊一起開個會。

我剛好在老家寫東西。

編輯團隊落地郴州北湖機場後，我就開著車拉著大家直奔莽山國家森林公園的一家農家茶舍。

其實說茶舍也不對，我不懂品茶，喝茶對我來說並不是重點。

我喜歡的是大家圍坐在火塘邊，一邊添著柴火，一邊把各種茶煮到沸騰。

各種新鮮的時令水果滿滿當當擠在竹編筬籃裡。

還有剛剛從熱鍋裡撈上來的熟芋頭，等會兒要用來煨的土花生……全部晃得我睜不開眼。

老闆娘招呼我們圍著火塘的炭火坐，說給我們準備了不同的茶，有紅茶、白茶，還有當地的果茶，不會讓我們喝太多，不然我們醉茶了，會也開不成了。

新燒木頭的裊裊香煙和茶罐裡咕嘟冒出的熱氣，讓山裡的寒意在棚頂打了個轉兒，就轉向別的地方去了。

十一月的莽山溫度在攝氏十度以下，老闆娘說如果山裡下雪的話，雪花會從棚頂的縫裡飄進來，然後化成水。

光是想像，就覺得是人間愜意。

我們在各種味道中漫談，酣暢到不行。

說著老闆娘走過來，用火鉗翻了翻火塘的木炭灰，我們才發現裡面埋著地瓜。燒完一茬柴火後，地瓜就熟了，捧在手裡，有些燙手，左右翻滾把灰輕輕拍掉，從中間掰開，流出好多蜜。

中午和晚上，老闆娘給我們準備的是當地食材做的油茶火鍋和肥腸火鍋。

拿著長長的筷子，夾到的不僅是味道，還有久違的旅途中的美妙。

年紀小的時候，總覺得美好的風景都在遙遠的地方，越遠越美。

帶著行李箱跑過了一些地方後，發現只要能沉下來，身邊也盡是美好。

這兩年有將近一半的時間在老家寫作，感受了郴州莽山茶舍火塘邊的滾熱、仰天湖雲海日出的溫暖、馬皇丘大峽谷雨氣中的微涼、霧漫小東江的晨光，還有白廊山路微醺的踉蹌……一直往外跑的過程中，忽略了原來身邊有那麼多值得分享的美好，而這些美好我也都一一許願，值得帶朋友一次又一次前往。

你看，雖然我記不住那麼多旅行中的細節、地點、攻略，但我還記得它們給我帶來的感受。

嗯，旅行就像雞尾酒，到底有多好喝，又是什麼味道，我可能記不清了，但一飲而盡帶來的微醺感，卻是能一直記在心裡的。

Chapter 20

One More Take

不好意思哦，我要重來一次

「你的新書寫了多少啦？」

編輯老師問我。

我說：「三萬字吧。」

「真不錯，按這個速度，應該很快能寫完了吧？」

「不過我停下來了。總感覺有點辛苦，好像哪裡不對頭。」

「是嗎？那你就盡快感受一下哪裡不對頭，如果確實不對，那就重來吧？」

編輯老師很了解我啊，她完全知道我是靠愉快的心情來寫作的。

掛了電話，我就打開文檔重新閱讀起來。

雖然讀起來很流暢，但我總覺得寫東西的那個人不怎麼輕鬆，感覺他累得要死。

如果作者累得要死的話，讀者就更累了吧？總覺得有人無形之中把壓力注入了每個字裡。

我不要當這樣的寫作者。

這麼想著，我就把之前為新書寫的好幾萬字統統刪掉了。

頓時開心極了。

我對編輯老師說：「不好意思哦，我全部刪掉了，我要重來一次。」

之前寫東西的時候，總是蹙著眉頭，好像在研究什麼高新科技一般，但突然意識到，寫作對我來說應該是一件快樂的事情才對嘛。

遣詞造句當然是必需的，但前提是自己要對自己不設防才行。

緊鎖眉頭把一個一個文字放在相應的地方，絞盡腦汁選擇一個更為準確的詞，雖然看起來很工整很得體，但總覺得不是那麼回事。

想了一段時間，就意識到了癥結所在——我就應當隨著思緒放開了寫，就當是拉著好朋友聊天的那種自在。

這麼想著，直接按Ctrl+A，全選，然後，毫不猶豫地點了刪除鍵。

精心撰寫的文字瞬間消失，沒有大學時剛嘗試寫作時的心疼感。那時寫東西哪怕是一句病句，一句與上下文毫不相干的文字，都想全部保留著。而現在刪除感覺不對的文字，就像把一些堆積在角落的東西清空。

如果窗外常有藍天白雲青山疊嶂，室內的裝修便不必過於精緻。

這麼想著，內心也愉悅起來。

好像這些年，我一直在追求一種「讓自己愉快」的感覺。

我看了一下鏡子裡的自己。

比二十歲的時候顯得更成熟。

比三十歲的時候顯得更有定力。

我覺得今天的我比我小時候印象中「中年男人的樣子」稍微好那麼一丟丟。

很大程度上，我覺得我對新鮮的事情總會保有一些好奇感。

比如參加有新朋友的聚會，如果在場有人不認識我，我就會很開心地去聊天，發表自己的觀點，也不用在意有人上綱上線。若是新朋友覺得我說得還蠻有意思的，主動約下次見的話，我就更開心了。

一般這時，我就體會到當一個寫作者的幸福。

大家認識你，是因為文字。

大家並不在意你長什麼樣子。

所以當和新朋友慢慢地熟起來，具體問到工作時，我也會如實介紹，自己是在影視公司工作的，平時也寫一些東西。如果新朋友說：「噢，原來我看過的那些東西是你們公司做的噢，很棒。」我就有一種奇怪的自豪感。

這種交朋友的方式，要比上來先看簡介再交朋友，有趣得多。

去年，我去一個城市舉辦簽書會。

晚上約了一個許久未見的老朋友在清吧喝酒，剛點了一瓶威士忌，朋友就打電話來說，小孩突然發燒，來不了了，很抱歉。我看著那一瓶剛打開的酒，有點發愁。

旁邊的桌子是一群大學生，男男女女，大家都捧著手機在玩遊戲。

聽聲音應該是在《王者榮耀》開黑。

他們每個人點了一瓶本地啤酒，也沒怎麼喝。

我想了想，就把點的酒拿了過去，說：「我有個朋友臨時來不了了，我一個人也喝不完，如果你們不嫌棄的話，咱們就把這瓶給分了？」

我長得也不像壞人，大家很快就打成了一片。

聽說我也打王者，他們說一起開黑帶我上分，我說好啊。

「哥，你是什麼級別？」

「我王者。」

「哇，厲害，多少星？」

「三十多。」

我說出三十多的時候，大家沉默了，他們端起杯子敬了我一下：「對不起，有眼不識泰山。哥，你帶我們幾個飛吧，我們還有人沒上王者呢。」

哈哈，我怎麼就那麼愛這種有趣的劇情呢？

那天晚上，我們玩了兩個多小時遊戲，幫兩位朋友上了王者，喝完了一瓶酒，大家說想去唱夜場ＫＴＶ，便宜，就問我去不去。

我正在興頭上，而且結交到了一群新的朋友，著實心情愉悅。

他們不知道我是幹啥的，也讓我毫無負擔感。

他們說要去學校旁邊的ＫＴＶ，我大眾點評看了一下，覺得音響效果可能不會特別好，我就提議去純Ｋ。他們立刻說純Ｋ太貴了，沒有必要。

我說：「沒關係，我工作了，我請客就好。」

孩子們說：「哥，你看起來參加工作也沒多少年，工資會很高嗎？」

我一時分不清這是他們讓我買單的糖衣炮彈，還是他們真認為我比他們只大個幾歲。

總之，我們就去了純Ｋ，喝酒唱歌，蠻有趣的。

分別的時候，他們說第二天要請我，不然太不好意思了。

我說好的，第二天再聯繫。

第二天我舉辦完簽書會，他們的訊息很準時就到了，問我在哪兒，晚上他們請我去熱鬧的酒吧。

到了當地很熱鬧的酒吧，他們選的座位是離吧台比較遠的三環的桌子，上面已經放了一個洋酒套餐。我看了一下價格，一瓶洋酒加幾瓶飲料只要一百三十塊錢。

因為我之前在老家和朋友開過酒吧，所以知道這個酒肯定是有些問題的。

我就說：「今晚還是我來吧，我點一些別的酒。」

我害怕喝到質量不太好的酒，身體扛不住，畢竟我是個中年男人了。

沒想到幾個孩子立馬制止了我：「不行，哥，昨晚你已經為我們花了很多錢了，今天我們商量了，我們幾個ＡＡ，也不貴，必須要請你。」

他們義正詞嚴，如果我不同意，感覺就是不給他們面子。

我只能硬著頭皮說好的。

那天晚上，我連喝了三瓶一百三十塊的洋酒套餐。

從酒吧離開時，我們約好下次我來出差時，大家繼續。

雖然第二天頭痛得要死，果然就是一百三十塊的洋酒套餐，但現在回想起來，還是覺得有意思。

最近在網上看到的一個段子，關於年齡的，大概的意思是：如果一個人四十歲死了，在他的葬禮上，大家就會說，啊，真可惜啊，大好年華，英年早逝，明明好日子還在後面，怎麼就走了呢；但如果一個人四十歲還活著，聊到這個年紀，大家大概率會討論，啊，都四十了啊，人生已經定型了吧，未來也沒什麼太多可能性了，不要折騰了，不如認命好啦。

每次想到這個說法的時候，就忍不住笑起來，人真是一種很雙標的生物啊。

話雖如此，好像四十歲，真的是很多人的人生分水嶺。

其實肉眼可見的，三十五歲之後，我和同齡的朋友交往得越來越少。

一方面是大家的家庭壓力太大了，很少有自己的時間了。

另一方面是聊不來了，要麼談不到一塊去，要麼負能量太重，一直把不順推在別人身上，抱怨個沒完。

二十多歲這樣可以說是憤青，發洩一下就繼續埋頭苦幹。可都三十好幾了還這樣，花了大把時間聊完卻根本不改，我又是一個著急的人，一著急就會說：「行了行了，我也挺忙的，沒時間一次又一次重複一樣的聊天，下次別聊了。」

其實我著急的並不是對方讓我失望了，而是我怕自己和對方接觸久了也會變成那樣的人。

說到底，我覺得自己還是很幸運的。

二十多歲選到了一個自己喜歡的傳媒行業，做到三十來歲，然後公司轉型，我跟著公司從電視轉到了電影，參與了很多影片的幕後工作，也開始嘗試自己製作影視項目。每一步邁出之後，路又得以延展，不至於困在一個地方一籌莫展。

有網友問我：「你現在的工作和生活是怎樣的啊？能不能和我們分享一下。我實在是覺得自己的生活太無聊了，所以很想了解一下你的生活。」

大概在半年前，我開始製作一部叫《我們的樣子像極了愛情》的愛情電影。因為電影的劇本需要和導演一同討論撰寫，所以我找到了導演之後，便把他從深圳弄到了北京，每天和我、編劇團隊一起開會。

就這麼工作了一兩個月，發現劇本一點進展都沒有。

為啥咧？我很認真地在思考這個問題，難道是我們沒有才華嗎？還是哪裡出了問題？

我發現我們每天開會都是早上十點開始（大家要從北京城的各個地方趕向公司，路上都需要一兩個小時），上午開完會，吃午飯，休息一會兒，下午再開四、五個小時，直到大家腦子轉不動了，就第二天再開。這樣開了一週的會後，編劇就會把這一週開會的內容，在家再花一週的時間形成具體準確的文本。

這個時候，我就和導演分頭忙點有的沒的。懷揣著信心，一週之後再看劇本，瞬間崩潰，編劇寫的東西完全就和我們在一起說的東西不一樣嘛。問起來為什麼不一樣，編劇說增加了一些自己的理解，我們很嚴肅地說：「不需要你的理解，我們大家在一起確定下來的東西就是我們共同的理解。如果需要改變，那我們就當面一起理解。再說一次，不需要自己的理解！！！」編劇說自己明白了，回去一寫又不一樣。

做這個工作真的很想打人，比如搧自己耳光啥的。

我們就這樣，一直在崩潰中反覆，直到我決定——好吧，既然一分開就失誤，那我們關在一起，直到寫完為止。

我選擇帶大家回到老家，住在一套兩居室裡。

導演和編劇都是已婚男青年，我給他倆買了一張上下鋪放在客臥，然後我們仨開始了男大學生般的寄宿生活。

寄宿生活很是有趣，每天早上都是我第一個醒來，給他倆煮上清水蛋，然後像宿管大爺一樣敲門讓他倆醒醒。一人灌一杯咖啡，不到十分鐘，三個人就整整齊齊坐到了書房裡，雖然臉上還殘留著睡覺時的枕頭印子，但眼裡忽閃忽閃的全是工作內容了。

一個人開錄音，三個人做電腦筆記，確認每一個情節，非得大家全部統一了，編劇再開始一字不動地還原。為了節約我和導演的等待時間，我們又把編劇的工作分成了三份，每個人完成三分之一，再組接起來。

效率明顯提升了，晚上我們三個中年男子就會打開一瓶酒，選擇一部愛情電影，邊喝酒邊討論，看得動情了，三個人一起抽泣，乾一杯，就當是緩解房間裡彌漫的男人間的尷尬（默契）。

總之這樣的工作結束後，導演回到北京籌備製作團隊，我和編劇留在湖南繼續第二個劇本的創作。

我時常懷念那種三個人坐在地板上的日子。離開紛擾，沉浸創作，公司也不催促，投入去寫，也能寫出不錯的東西來。

反正，二十四歲選擇北漂的我，應該很難想到，十幾年後，依然還在北漂的我，可以把同事們帶回家鄉工作。

如果這部電影拍出來，上映了，只要不是結局特別慘，只要我還有繼續做劇本的機會，我們仨應該還會回來繼續開展新的創作。

三個成年男人，被關在一個屋子裡，像大學生活一樣工作，真的有點魔幻。這樣的經歷，人生還能遇到幾次呢？

寫到這裡，我咂巴了一下嘴，有丁點兒感動的成分在。

Chapter 21

About Love

我們的樣子像極了愛情

寫完《我們的樣子像極了愛情》的劇本後，我拉上了幾個兒時玩伴一起圍讀劇本。男男女女三五個人，因為他們從沒參與過圍讀劇本這回事，所以一個比一個認真。我和導演、編劇三個人分角色念台詞，他們在一旁，邊聽邊把自己的困惑寫在紙上。

他們每次提筆寫的時候，我心裡就「咯噔」一下，覺得「糟糕，又不被喜歡了」。全部結束後，我問他們：「你們記了那麼多東西，是打算幫我們重新寫一個新劇本嗎？」

其中一個女性朋友說：「不是不是。是我聽到他們的台詞，對比了自己的感情，覺得自己好像一直被這個困擾。所以就記了下來，想問問你。」

她要問的是：「愛情到底是愛多，還是情多？」

因為大家都是成年人嘛，所以說話也就很直接了。

愛多，指的是激情，親密關係，做愛那件事情。

而情多，則是情分，習慣，相處之道，互不相厭。

那是一個六月的下午，有人躺在沙發上，有人躺在地板上，房間裡迴響著輕輕的空調聲，涼風從一個人身上捲過，裹著一丟丟熱氣吹向另一個人。這不是討論愛情的最佳時機，但一群平均年紀在三十五歲的人，居然開始討論起了愛情。

這難道不是十七歲的高中日記做的事嗎？

這難道不是二十一歲大學宿舍熄燈後幹的事嗎？

這難道不是戀愛之初和朋友們在酒吧討論的事嗎？

這也是結婚成家之前要做的事。

怎麼到了三十五歲這個年紀，大家還在討論？

好魔幻。

我看著那位女性朋友，她一直有運動，也節食，所以狀態和體態都很好。

她能問出這種問題，證明她既有可以選擇的愛，也有一直擁有的情。我現在可不會像二十出頭時那樣咋咋呼呼，非得要聽一個八卦的故事不可。

我想，在兩個人的愛情裡，能一直有愛，那真是求之不得。如果你的愛情裡，愛慢慢沉澱成了情，那也是求之不得。絕大多數人，愛停了，情也沒了。愛情是一鍋沸湯，以沸沸揚揚開始，以雞毛蒜皮的瑣碎沉底結束，能留下一罐溫熱的湯就好，渴了餓了就舀一口。

她和她的愛人經營著一家小超市，生意穩定，沒有到能開分店的興隆，但也算是令人羨慕的絡繹不絕。

「好像嫁給他之後，自己就失去了光彩。無論自己怎樣打扮，他也不多看一眼，運動、健身、學習新的烘焙，在他眼裡也只是日常。久而久之，就萌發了想讓人欣賞的念頭。不是要出軌，真的只是想證明一下自己的價值。如果婚後，人便從貨架下架，放在永不過期的冰櫃裡，那結婚的意義是什麼？僅僅是找個『不會被扔進過期處理品堆裡』的安全感嗎？」

女性朋友如是說。

家鄉不大，朋友尚有如此的困擾，可見多少人深陷其中。

我佩服她能直說的勇氣，也喜歡她把困境拿出來討論的有趣。

你呢？你呢？那你呢？

屋中人笑著問彼此，一群成年人有了少年般的羞澀。

「我？有幾個交往的，但都沒確定。對方也沒確定我。」三十八的男子說。

他說得很坦然，不僅是因為他創業順利，保持著二十出頭的拚勁，也是因為他想明白了，兩三年前便離婚了。

對他來說，沒有什麼愛情不愛情，只要兩個人待在一起有趣，那有時間就待一起。一旦疲了累了，就分開一陣，看看想不想念對方。周而復始。

全屋八個人，近半數離過婚，也沒再婚的計畫。

想起上小學時，如果得知某個同學的父母離異，所有人都會投去同情的眼光，覺得這樣的父母好糟糕，覺得同學好可憐。

沒想到，當我們自己成了父母，卻來個態度大轉變。

我問離異的朋友：「那你兩個孩子怎麼看？他們知道嗎？」

朋友說：「開心得不得了，男孩女孩兩個本來就不對付，巴不得分開住。我和前妻每人都有一套大房子，我倆也沒再婚的計畫，就是覺得兩個人住在一起，不開心，也拘束，不如直接分開帶孩子。節假日聚一聚，各取所需。」

不討論別的因素，就這種「我想為自己活著」的態度，就顯得人生有奔頭。

一個人如果都不能為自己爭取到更多的權利和自由，又怎能變得更好，為身邊的人帶來更多的選擇和見識？

那天會議後，我回爸媽家吃飯。

我就問他倆：「你倆沒想過離婚嗎？」

我媽冷笑一下：「當然想過，你忘記了嗎？我把結婚證都撕了，離婚協議都寫了。」

這時我才想起來，小時候我媽只要和我爸一吵架，就準會上演離婚戲碼。結婚證被撕了幾次，拼都拼不起來，後來藉著「找不到」的名義補辦過兩次。但不能總是找不到吧，再後來就算了，因為只要說找不到了，就相當於「上週吵架又撕了」。既然下次還要再撕，就別再補了。結婚證也怪累的。

當我回憶起這些，我才意識到，其實那時的我是非常希望他倆能趕緊離婚的，不要再折磨彼此，也不要再折磨我了。

後來父母沒離的原因也簡單——覺得自己也找不到更合適的人，覺得周圍會產生過多的非議，也覺得我蠻可憐的，不能讓我成為父母離異的孩子。

我順著這句話感謝了爸媽，謝謝他倆硬扛到了現在。現在吵也吵不動了，不僅愛成了情，情也在長年累月中織成了網，網住每一件不大不小的爭執。你抬頭看吧，每一個穩定的家庭裡，父母都在輪流扮演著蜘蛛俠，搶救落下大地的一切。

Chapter 22

the Dreamhouse

搬了十二次家，我終於住進我想住的房子裡

寫這篇文章之前，我翻閱一下過去的日記，關於自己的居住夢想，大概都以文字的方式分散在了日記裡，我把它們都整理了出來。

二〇〇五年十二月二十四日

聖誕節就不應該來宜家，感覺這裡是個公園，人山人海。但擠了一會兒又覺得莫名開心，和那麼多人擠在一起，感覺周圍的每個人都對未來的人生充滿了嚮往，我也是其中的一個。樣板間每一間都很好看，覺得未來如果有了自己的房子，肯定就全部按他們的設計來，關鍵是我似乎對這些家具都產生了感情，雖然它們的名字都夠奇怪的，但我也能叫出它們的名字。沙發叫桑德伯，可以換各種顏色的沙發套。餐椅叫高利可斯

達，放在家裡會顯得很高級。好的，桑德伯和高利可斯達，到時我會來買你倆。哈哈哈。

二〇〇七年三月二十三日

買了一本《時尚家居》小戶型特刊，想著可以為賽洛城那套二居室裝修做一些參考。好看的就拍了一張照留下來，沒想到一晚上把整本書都拍完了……然後把照片都刪掉，乾脆把那本書放在了書架上最顯眼的位置——那就是我未來的家的某個樣子。

二〇〇八年五月十八日

去了老闆辦公室，看到兩本很貴的房屋設計攝影集，愛不釋手。

這種愛不釋手溢於言表了，於是老闆問：「怎麼著，喜歡啊？」

我立刻說：「那我拿走了。」

老闆說：「很貴的。」

我說：「放在床頭做夢也好，這樣工作起來會更努力。」

老闆說：「我說書很貴的。」

我：「那就謝謝你了。」

這兩本書和那一本《時尚家居》小戶型特刊放在一起，成了我對未來的期盼。

二〇〇八年九月十七日

很惆悵又很爽的一天，決定貸款二十萬裝修自己的二居室。爸媽都覺得我瘋掉了，但我覺得如果真的能讓自己每天住在很喜歡的地方，安全感和幸福感都會很足。雖然房貸和裝修貸加一起每個月要還七千塊，工資扣完剩手裡只有三千多。但我就是那種哪怕手裡只有十塊錢，也要花八塊錢買一束雛菊搞氣氛，剩下兩塊錢吃泡麵的人，持續的好心情比一頓吃得好更重要。

二〇一四年八月二日

看了一套離公司不遠的房子，比自己的房子更大，所以決定把自己的房子租出去，回歸租客的生活。住一個房子那麼久了，也沒什麼新鮮感了，折騰一下也是好的。

二〇一六年十二月三日

寫《向著光亮那方》的時候，看到一張露台的照片，寫了一段話：看電影電視劇的時候，常常幻想自己也有一個大大的露台，可以燒烤，可以喝酒，可以放煙火，可以擁抱，可以睡到第二天被迎面的陽光燙醒，露台比房子更令人嚮往，所以要努力工作，住進一個有露台的房子裡。

二〇一七年八月一日

在網上看到了井柏然的家，覺得「哇！也太厲害了」，然後覺得「人和人之間差距好大哦，除了錢，還有審美……嗯，可能主要還是差在錢」？後來又很認真地想了想，可能還是差在審美上，因為審美好的話，就會努力掙錢，沒啥審美就怎麼過都行，也就沒有目標。

二〇一八年一月五日

今天去了東京的蔦屋電器，設計感巨強，每個區域都是綠植和很棒的設計產品融合為一體。我不小心又看到了日本的裝修設計雜誌，又開始停下來拍照片，每一張都好看得要命。拍著拍著，我想，其實怎麼裝修都行，只要不讓父母插手，只要能找到一個大膽的設計師，只要把任何普通的裝修材料換成特殊的，就會有自己的風格。於是我產生了一個大膽的想法。

二〇一八年六月二十三日

從劇組回父母家，路上經過了一個湖，發現湖邊有一個樓盤，我就停車看了好久，想起了二十出頭的時候心裡的那個願望——等長大了，一定要給自己買一個靠湖的房子。然後徑直就去了銷售中心，銷售說他們的房子已經賣完了，如果我一定要，他可以看看別的客戶是否有想脫手的，但價格可能要貴一些。好的，我聽出來了，最後一句話是重點。雖然價格確實貴了，但那個房子窗外的風景就是我心心念念想了好多年的樣子，我決定買了，並且告訴自己——二十二歲的劉同，你看，我幫你實現了願望啊。

二〇一九年七月三日

看了《寄生上流》，對電影沒什麼感覺，只記得那一套房子了，大平層，落地大玻璃，外面有大草坪，下雨天可以在外面搭帳篷，也可以在房間裡喝酒，看著外面的狂風暴雨。

二〇一九年十二月十七日

回老家去了一個仿古巷建築群，拍了一些照片，決定要讓父母在這裡養老。立刻托朋友去問價格，嗯，比想像中便宜一點，那接下來要做的事就是攢錢了！

以上這些日記便是下面這篇文章的由來。

「迄今為止，你住過多少個地方？」

「在鎢礦的外婆家，在煤礦的奶奶家，最早的記憶裡住的是醫院的平房，後來搬去了一間晚上有老鼠出沒的三樓二居室，我把這算作自己第一個家，小時候到初中我常被老鼠吵醒。

「又換到了一間在五層的屋子，晚上依然有老鼠啃衣櫃，並從我枕頭邊跑過。後來搬到了醫院家屬區的五層樓二居室，終於沒有了老鼠，晚上也不用扔書了。

「大學時，爸媽買了一套四居室的商品房，樓距太近，他倆吵架全小區都能聽到細節。

「剛參加工作，在長沙租了一套便宜的一樓，終日沒有陽光。

「到北京住的第一套房子是紫竹院旁二樓單間，睡地板，後來搬到了旁邊的二層小單間，窗外有一棵大樹。

「公司搬家，我也搬家去了老社區筒子樓的十三層，結識了一位每天說話不超過三句的室友，至今還有聯繫。

「再後來，媽媽幫我付首付買了一套東四環外的一居室，住了兩年覺得爸媽來北京不方便，就乾脆去北四環租了一套九十平方公尺的二居室。

「住了兩年，房東很抱歉地告訴我他兒子要回國，於是我又從北四環跑到東北四環租了一套二居室。

「三十七歲時不想再過租房的生活，算了算自己的積蓄，便開始籌劃買房。沒看半天，就看中了一套是自己房款預算幾倍的房子，但因為足夠喜歡，便砸鍋賣鐵想盡各種方法，居然也湊齊了全款，咬牙買了下來。

「這麼算起來，人生四十年，輾轉住過十二個地方，如今終於算是有了落腳地。」——

回答完以上的問題，又看了看之前自己零零散散關於居住的日記，覺得自己的成長其實是在一間又一間的房子裡留下了印記。

以前說「朋友是幫我們記錄人生的載體」，其實這些年發現很多朋友三、五年不聯繫之後，不僅你忘記了他們，他們也都忘記了你。

而在每一處你所居住過的房子裡，每一個靠自己打發過的夜晚，每一杯床頭的白開水，每一首音箱裡被重複過的曲子，電腦裡的那幾行字，豆瓣標記下已看的電影，各種品牌的泡麵，塞滿了冰箱的各式辣醬牛肉醬，午夜下水道的聲響，似乎那些才能讓我們很清晰地回想起這些年走過的每一步。

最初的夢想

絕大多數人真正擁有自由大概是從大學畢業之後開始的，那時是真的要開始獨立生活了。

那時也大都缺錢，無法主動選擇居住地的樓層、朝向或面積大小。只要給我一間房、一張床、一張書桌，讓我能自己待著，就沒有任何別的挑剔。

至於想要一個怎樣的居住環境，特簡單——好看的窗簾，能擋陽光，能阻隔黑暗；兩套不同色系的被套床單，睡上去的心情也會變得不一樣。一個玻璃瓶放桌上，插上三、五枝含苞欲放的鮮花，時刻提醒我這裡是有生機的，而我還是活著的。

以上就是我對居住環境所有的想像。

隨著工資慢慢增加，添置的生活用品也越來越多，開始嘗試租住大一點的房子了，小心翼翼地和房東溝通能否不要他們的某些家具。只要房東點頭，心情便像點了煙火般振奮，一路燒到天頂。畢竟，那些在心裡念叨已久的宜家家具終於可以被自己帶回家了。

哪怕最初只是宜家的一個杯子、一個盆栽、一個靠墊、一套床單，後來就慢慢發展到一把椅子、一個洗衣筐、一個書架、一張桌子……不是因為崇拜某個品牌，而是它能讓自己對未來的生活抱有持續性的嚮往。

我最厲害的地方是，那麼大的宜家，那麼多的家具，各種裝飾品，你隨手指任何東西問我：「這個有什麼用，你能放在什麼地方？」我便能立刻回答你，它們未來在我家的歸處和用途。

雖然我沒有自己的房，沒有自己的家，但我有自己的規劃，這可真是一件了不起的事情。凡事做好了準備，當機會來的時候，便能立刻下手了。

逛到餓了，一定會擠到它的餐廳，去吃一頓偏貴且不算好吃的飯。但在宜家餐廳吃飯，好不好吃不是最重要的，而是身處熙熙攘攘的人群中，身處各種歡聲笑語的家庭中，我覺得自己未來也能和他們一樣。

第一次出發

二十六歲時，我媽問我在北京過得好嗎？辛苦嗎？

我回答過得好辛苦。

她以為這是一個答案，但其實這是兩個答案——過得好，但也辛苦。

媽媽看我回湖南的可能性不大了，就把家裡所有的積蓄拿了出來，幫我在北京買了一間一居室，付了一份首付，剩下的房貸我要自己交。

在租的單間裡待慣了，突然要面對客廳臥室、陽台廚房，還有洗手間，我當年那點小夢想完全不夠用了。

畢竟，我只擅長在腦海裡裝修自己的臥室。

就是那時，開始各種採買家居雜誌，每一頁都覺得好看，看完整本，覺得自己要做的不是裝修，而是買房。但這種念頭是不會說出來告訴別人的，只會心裡想著：哇，好大的落地窗，好暖的陽光，好漂亮的綠植，這個露台真的絕了。心裡給自己設計了一款《主題家居》的遊戲，類似於去年 switch 上開始流行的《動物森友會》，你能把自己心裡所想的在遊戲裡實現。也許自己住不了，但遊戲裡的你可以啊（想想就還蠻苦中作樂的）。

總之，我明白了，如果真想要自己的居住環境不一樣，從一開始的裝修就要劍走偏鋒，怎麼過分怎麼來，一旦收著了，等到入住的時候，你就會發現自己的居住環境其實蠻普通的。

敢用大膽的顏色刷牆，就能很有個性。

敢不怕單調，統一所有牆壁與家具的顏色，就能非常簡潔。

這兩者中我選擇了後者，把家裡弄成全白。客廳中間加了一堵電視牆，把磚頭也都刷白了。然後把客廳的一面牆直接改成了書架，也是全白。

設計師問我敢不敢挑戰不一樣，我說可以。

他便給我拿來好多玻璃珠，說串起來，我們把它吊在電視機上面那一片地方。

我腦海中迅速想像了一下，這樣我的客廳看起來會很像個夜店啊……

我擔心地說：「會不會很像夜店？」

他說：「如果打上五顏六色的燈，估計會像，但這種不同材質的設計會讓你的客廳立馬不一樣起來。」

包括他還把我門口的一堵牆貼滿了橡木板，上面可以用大頭針釘上各種照片。

為了這樣的裝修，我大概花了十五萬。我沒錢，就選擇了貸款裝修。

朋友覺得我瘋了，明明兩三萬就能搞定的事情，為什麼我要花那麼多錢。

我心裡想著：只有居住在一個讓自己每天都感覺很欣喜的地方，才能保持幸福感。而且一定要把家裡布置得很有感覺，才會一下班就立刻回來，哪兒都比不上自己的房子。

事實證明就是如此，以前下班之後總是想和同事們出去吃晚餐，到處逛一逛，有了自己喜歡的房子之後，下班就回家，省錢也省時間。

但後來因為父母來北京，一居室不方便，我就把房子租給了喜歡我裝修風格的租客，比周圍的一居室還能多租個兩三百塊錢，自己添了錢又奔向二居室的世界。

第二次嘗試

此後在北京的幾年，我都在租房子住。

我有一個心得——我以前出差住酒店，花兩百塊可以住一個投資五百萬的酒店。後來我花了四百塊，可以住一個投資兩千萬的酒店。再後來我花八百塊，就能去住投資一億的酒店。

這意味著，只要我願意花四倍的價格，就可以住到比之前好二十倍的酒店。

租房也差不多是這個道理，看了那麼多房子，發現租金四千塊以下的房子都差不多。但如果願意多花兩千塊租金，房子的狀況和小區的配置立刻就能上一個台階。如果還願意再多花兩千塊，也就是八千塊租金的話，在北京就能租到一套看起來非常不錯的房子。

對那時的我來說，很多很厲害的房子是買不起的，但咬咬牙卻是能租下來的。每天上下班，看著新發現的風景，就會在心裡告訴自己：加油啊，一定要在這裡擁有一套自己的房子。

幾年前，我回老家拍戲。

因為讀大學前一直和父母住，讀了大學後回家也和父母一起住，心裡也就一直想著在老家買一套自己住的房子。大窗戶，落地窗簾，窗外是山或水，坐在窗邊可以待一整天。

年少的夢想總是有點離譜才值得期待，那樣的房子我只能在雜誌、影視作品裡看到，覺得現實中不存在，或者說自己的層次根本就搆不到也遇不到這樣的房子。

一天，通宵拍完了戲，早上回家經過一個湖邊的新樓盤，我就站在旁邊抬頭想，如果我能買到靠近湖邊的一間就好了。

想著就去問了。

銷售員說：「先生不好意思，我們的現房都賣完了，只有期房了。」

我說：「現房一套都沒了？全賣完了？」

（事實證明，這可能就是賣得好的樓盤的基本話術吧。）

銷售員：「是的，先生您想買什麼樣的房子呢？」

我：「不高不低，挨著湖邊，風景很好，適合一個人住。」

銷售員：「那您打算什麼時候入住呢？」

我：「能立刻買，我就立刻裝修的那種。」

銷售員：「是這樣的，我們的房子確實都賣完了，但……」

當他說出「但」的時候，我知道我要為我的少年夢想額外買單了。

但，我也有個「但」——但那麼努力工作不就是想要讓自己開心嗎？在北京買不起更厲害的房子，但在老家咬咬牙還不行嗎？

我就說：「行，你先帶我看看吧，看了再說。」

就這樣，銷售帶我看了兩套，其中一套我走進去就覺得：哇，我喜歡。

我都能在腦海裡想像裝修過後，我一個人躺在客廳的樣子，我一個人躺在臥室看著湖邊的樣子。

我說：「我要這一套，多少錢？」

銷售員報了一個比均價高20%的數字，我算了一下，一百三十平方公尺就要貴二十多萬。

我打電話給朋友，朋友覺得不合適，他看我特別放不下，就問：「是不是不可替代？完全和你想的一樣？」

我說：「對。」

他說：「行，均價只是買了個房子，而多出來的二十多萬是開發商為你定製的想像。」

朋友真的太會說話了，我掛了電話就買了，銷售措手不及，我十分開心。

回到家，我就跟我媽說：「回來的路上，我買了一套房子噢。」

我媽已經見慣了我發神經，很平靜地說：「不是亂花的就好。」

我還記得，當時我帶爸爸媽媽第一次來看毛坯房，他倆也很喜歡這裡的風景，只是當我告訴他們我打算給很多牆面都貼上木板、不打算在客廳弄吊頂燈、書房打算放一張水泥桌後，我爸就說我亂搞什麼名堂，哪有把木板貼滿整面牆的，又不是國外的農村。

我媽勸我家裡還是要亮一點好，不然心裡會壓抑的，說這句的時候還特別真誠地看著我。

我說：「好啦好啦，反正這裡也不常住，我就想把這裡裝成那種酒店式的樣子，感覺像住在別人的房子裡。」

走的時候感覺爸媽有點兒生氣，對於父母來說，好像一切的裝修都是為了實用，為了家裡看起來亮堂。但對於我來說，裝修不就是為了讓自己和朋友進來的時候覺得——哇，你敢這麼裝修，而且居然還蠻好看，你這個人也蠻不一樣的嘛。

房子的布置真的代表了一個人不為人知的終極審美。

租房的那幾年，我很勤快地把房東的家具退掉，添置了自己喜歡的物品。

朋友說：「你為什麼要浪費錢折騰這些，房東的東西不是也可以用著嗎？」

我就和他們探討，如果一個人常住的地方看不出這個人的性格，甚至都無法讓人看到他們的性別、愛好，那這樣的居住環境只能說是「暫時睡覺的地方」。如果打算在一個地方長期居住下去，每個人都需要讓自己在回家推開門的那一刻覺得——這就是我的地盤。

無論是燈光、氣味、顏色，什麼都好。

總之我不希望自己每次回到家推開門，心裡想的都是——「好了，我又回到了房東的家」「好的，這個租的房子還挺乾淨的」之類的喪氣話。

至今為止，無論是租房還是買房，我都盡量要做到一進門就告訴自己——「哇，你自己的地方真的很有品味，哈哈哈。」「怎麼那麼不一樣，真是可以待上一整天不出門。」

常給自己心理暗示，就總想回家待著，可以完成好多事情，而不是一直在外面瞎逛。

我把自己對於湖邊那套房子所有的想像都說了出來，設計、裝修、驗收，一切都完成了。

站在窗邊的時候，看著湖邊的風景，我對自己說：「幹得漂亮！繼續努力吧！」

喜歡的東西就值得傾盡所有

三十七歲的我依然在北京租房，但隨著工作和經濟都有了好轉，心裡也開始做起了新規劃。如果有合適的房，我就換一套稍微大點的，把小的那一套賣掉。

這麼想著，一個週末，我就揣著自己近些年積攢下來的存款，開始了看房的計畫。

如果在不考慮房價的前提下，我喜歡的房子應該要有很大的落地窗戶，早起的時候會有非常充裕的陽光，客廳裡我想養很多綠植，這樣的話我每天的心情都會舒暢很多。

朋友說：「你是買房子給綠植住嗎？」

如果這個房子還有露台的話，那就更厲害了，夏天可以和朋友吃吃燒烤、喝喝酒，能讓自己覺得自由。

朋友說：「北京的樓高風大，你在露台上會被吹走的。」

這個房子最好還有一個獨立的書房，能讓我一個人安安靜靜看書寫東西。

朋友說：「你家又沒有人吵你，你想在哪兒不都行嗎？」

我覺得不可，人還是需要有儀式感的環境。

廚房一定要是開放式的，浴室盡量大而通透，能放下一個浴缸最好。雖然也不是有泡澡的愛好，但如果某一天很累，能夠泡個澡，多好啊。

沒想到，第一天就看到了一套滿足我所有要求的房子——一個低層樓房的頂樓。

客廳大，有很大的落地窗，第一眼就被震撼到。只是沒開空調，沒站一會兒，全身就汗透了，簡直太熱了，夏天的陽光瘋了一樣透過玻璃擠進來，大型溫室效應。

銷售帶我上了客廳裡的一個小樓梯，樓上還帶著一個露台，房東在上面建了一個木亭子，用來喝茶。風剛剛好，吹透了剛才流的汗。

光是看到這兩點，我的心就像遇見了合適的相親對象那樣，一直狂喜。

完全把房子的缺點拋之腦後——改造工程巨大。

房東亟需脫手，需要全款，也比市價要便宜一些。

我佯裝鎮定地問了一下價格，是我預算的三倍，我嘴上說：「還行，不錯，嗯……」

心裡想著：媽呀，殺了我吧。

陪我去的朋友知道我的預算，就跟銷售說：「稍微超出了一點預算，我朋友回頭想想再回覆你。」

銷售說：「好的，先生，因為這套房源非常稀缺，所以房東等你回覆到晚上。」

回去的路上，我一直在放空，想的並不是自己的錢不夠，而是我到底能不能配得上這套房子？我在想我此生再努力一點，能不能買一套自己真正喜歡的房子？如果我已經看到了一套自己喜歡的房子，如果不去爭取，我還有心思看別的房子嗎？

朋友看出了我的糾結，決定讓我清醒一下。

朋友說：「客廳那一大片落地玻璃，完全不隔音，不隔熱，如果買下來就要換隔音隔熱的玻璃，光玻璃就要花幾十萬。」

我問：「不換不行嗎？拿窗簾擋著？」

朋友說：「也可以，但空調就需要一直開著，不然你客廳就是一個蒸籠，你還養了狗，你的狗根本吃不消。夏天開冷氣，冬天地暖也可能沒用，你需要另外添置加熱器……現在是階梯電費，一年的電費能繳瘋你。樓上的露台你需要改造，光拆掉房東的那些裝修，就需要好幾萬，你還要自己重新布置。我估計這個房子全部弄完，應該是你現在預算的四倍。」

我心一橫：「先不管裝修了，沒錢就放在那兒，有錢再裝。」

朋友：「有錢再裝？搞得你好像有錢買一樣，哈哈哈哈。」

我好惆悵。

現在想起來，買這套房大概是我人生迄今為止最冒險的舉動，比決定北漂還要冒險。

我算了算自己所有的家當，決定折騰一下賭一把，我告訴銷售我要買。

然後就立刻行動了，除了我自己的那筆預算，我立刻賣了以前的房子，折價了一些，還不夠。

我讓媽媽賣了一套老家的老房子，幫我補了一點，不夠。

我又賣了一部分公司上市前分給我的股票（我媽曾告訴我，打死都不能動這筆錢，這筆錢是我留給自己養老的……我也不太懂為什麼我要留這筆錢養老，估計是媽媽害怕我的人生出問題吧……我賣了股票沒有告訴媽媽），但還不夠。

我把剩下的股票全部質押給了證券公司（我臨時學習到的這種方法，但按照國內奇怪的股市，這種方式特別容易平倉暴雷……什麼是平倉暴雷那時我也不懂，總而言之就是你質押的股票很容易立刻就不屬於你了……），依然不夠。

我和出版社已經簽約了下一本書，就厚著臉皮問出版社是不是能夠預支一下下本書的稿費，感謝出版社，東拼西湊最終湊齊了房款。

因為沒有錢裝修，房子買了就放在那裡，我在同一個小區租了一套房子住。每當心情不好的時候，我就會去自己的房子看一看，告訴自己：你要努力啊，不要心情不好，這個房子還等著裝修呢。

我花了兩年的時間給自己慢慢回血，就這樣，一直等啊等啊，終於等到裝修了。具體的過程就不贅述了，既然都已經費了那麼大力氣，買了一套自己喜歡的房子，就必須把這裡變成我真正喜歡的地方。

拚命工作的目的，不就是為了讓自己的生活能夠過得更好一些嗎？如果我對自己的生活沒什麼追求，可能也會犯懶，但既然我已經做了夢，又做到了美夢，那就盡力去實現它。

沒有中彩票，沒有投機取巧的掙錢方法，也沒有人幫助我，我只能靠自己死扛，直到撥雲見日那一天。

因為我是雙魚座嘛，我就想在牆壁上弄兩條魚。直接買魚的工藝品太貴了要好幾萬，找廠子做，幾千塊就能搞定，可找到的廠子覺得活兒太小不願意接，所以我就一直等著，等他們有空再做。

直到我已經搬完家，前後過了兩年多，這魚才被裝上。

反正，最後，終於終於，我把這個夢想完完整整地實現了，站在自己的房子裡，坐在木涼亭改造成的玻璃書房寫著這些文字，覺得一切都值得了。

過年的時候，我父母、幾個好朋友和他們的父母，都來了新家，大家坐在客廳裡也不覺得很擠，我就覺得很幸福，很有滿足感，能靠自己的雙手（好土的形容啊）讓那麼多人覺得開心。

長輩們連連誇讚這個房子不錯，問我多少錢，我說了。

我媽就把我扯到一邊，突然問我：「你買房子那麼多錢，從哪來的？」

我語塞，就只能實話實說了。

我媽愣了一下，自顧自地說：「不過這個房子給你養老也是可以的。」

我很惆悵地看著她：「妳和我爸都不老，為什麼一直在想著我養老的事？」

飯桌上，她和幾個父母又提起我們這一輩養老的問題，我和朋友們一起制止了他們。

「爸爸媽媽們，你們生我們養我們操心我們長大就夠了，不要再操心送我們走了，哈哈哈哈哈。」

現在的我面對很多折騰都很平靜了。

去年年底，爸爸突然給我發來好多圖片。

很好看的風景，古香古色的建築群。

爸爸說：「這裡風景很好，也在湘南學院（爸爸除了坐門診，也在醫學院上課）旁邊，有山有水，這裡的房子好像剛剛建好，你要不要來看一看。」

我打電話問了一下朋友，了解了一下價格，內心平靜——雖然錢暫時不夠，但把現在爸爸媽媽住的地方賣掉，讓他們在我買的湖邊的二居室裡住一年，我再補一些錢也就可以了。

朋友聽完我的計畫說：「也太折騰了吧？」

我一點都不覺得折騰，因為人生就是要靠折騰才能變得越來越不同的。

懶得折騰就是懶得改變，能有折騰的可能性就放肆折騰吧！

等到有一天連折騰的可能性都沒有，那就真的沒戲了。

我現在正在為爸爸的新願望而努力！

下次再給你們分享我的新成果。

重看這篇文章，我挺感謝自己在某些時刻做出的決定。

無論是大學時鼓起勇氣競選班長，參加校園活動，還是大一給家鄉的電台寫信爭取實習，大二站在報社門口投簡歷爭取實習，大三準備好了所有材料去參加電視台的實習招聘，後來主動申請做內刊的主筆，似乎都是這樣——心裡覺得沒準行，也覺得萬一錯過就再也不行了，就義無反顧地去做了。

事實證明，幾乎就沒有很慘的後果。

有人問過我：「萬一你做的決定錯了呢？失敗了呢？」

我說：「那以後我就會盡量學會做謹慎的決定，不那麼衝動，也是一種必經之路。」

但事實證明，這種衝動一直在促使我做出很多改變。

決定北漂時，身上只有幾百塊，想著萬一實在過不下去，也可以住朋友家的地板上，反正沒聽說過有人北漂餓死的，就去了。

之後房子的裝修，以及買車，我都一咬牙選擇了自己更喜歡但貴一些的，因為配不上，所以才會更努力。

那時一個月工資扣完稅一萬塊出頭，但我交完各種貸款後，只剩五百塊，我就逼著自己到處投稿寫專欄，連兼職的婚禮策劃都做過。想著自己又不是貸款去做壞事，而是為了讓自己的生活越來越好，就放任自己一點一點去靠近自己更喜歡的東西。

就好像這幾天，我又有了一個新的想法，決定去嘗試，萬一做到了呢？做到了就一定會告訴你們！這又是一個有趣的經歷。

Chapter 23

a Note from My Forty

寫在四十歲的一封遺書

我曾問過朋友一個問題：「你想知道自己死的時候，哪些人會來、哪些人會哭、哪些人會說什麼嗎？」

有些朋友覺得我莫名其妙，跟個神經病似的。

也有些朋友會特別激動地表示，他們也常常會思考這種問題，比如：「好想給自己辦一場葬禮，看看到底是什麼樣子。」

這麼想著，後來就乾脆寫了一個故事。

一個被父母拋棄的留守男孩，很想知道自己到底有沒有朋友，於是答應把自己健康的心臟捐給另一個先天心臟病的孩子，交換的條件是對方幫自己辦一場葬禮，邀請到自己的朋友們，葬禮做完之後就自殺，把心臟留給心臟病男孩。

心臟病男孩為了活下去，答應了留守男孩，卻在幫助他籌備葬禮的過程中，慢慢地發現了留守男孩對世界的留戀與孤獨。

完成葬禮的過程中發生了種種故事，兩個男孩對於生死又有了不一樣的看法……最後兩個人靠著一顆心臟共同活了下去。

到底是誰活了下來，還是兩個人都活了下來？

寫的過程，數次落淚，感動到不行，把故事交給公司之後，給的回饋是：太像《故事會》了，太離奇了，未成年是不能夠自己捐心臟的！為什麼一個男孩被父母拋棄了之後就對世界失望了呢？他沒有別的親人嗎？什麼樣的心臟病需要心臟呢？小城市有這樣的技術嗎？自殺了之後，心臟真的能那麼新鮮地保留嗎？就算保留了，如何保證心臟能夠準確地給到心臟病男孩呢？

同事們紛紛提出意見，這個故事就像一個魔方被摔到了地上，四分五裂。

雖然故事被否決了，但是在這個故事裡，我完完整整地感受到了兩個人對於死亡的看法，又對死亡有了不一樣的理解。

以前每年生日，我都會寫一篇文字給自己，當是過去一年的總結。

寫這篇文字恰恰是我四十歲生日的前一天，我在想如果一個人能活到八十歲，那四十歲的我剛剛好走過了一半的路程。所以我不僅要為三十九歲做一個總結，我也應該為我的前半生做一個總結。

我要寫怎樣的總結才好？

如果我給自己寫封遺書呢？

當這個念頭冒出來的時候，我並沒有覺得無厘頭。

遺書不僅包含了自己未完成的遺憾，也有想要旁人幫助繼續完成的目標，有一生的總結，也有留給後人的提醒。

寫封遺書為前半生做總結，明天開始，我將重新開啟下半段人生旅程。

輕裝上陣進入四十，總好過渾渾噩噩變成中年油膩男，臉上寫著人生無常未來無望，背後纏一身蜘蛛網，整個人又頹廢又慌張。

若是梳理前半生的荒謬，則會讓後半生變得自由。

若前半生因為努力而做到了無憾，則會讓後半生做選擇時變得更加果敢。

越想越覺得遺書是個好東西。

於是，我想：如果明天我就死了，那現在我會寫什麼呢？

寫在四十歲的遺書

爸媽：

當你們看到這封信的時候，我正在你們身邊陪著你們讀這封信。

雖然我沒了呼吸，但我現在還是笑嘻嘻的，就像往常我和你們相處時那樣。

你倆想哭就哭一會兒，但不要太難過，很多人離開連一句遺言都沒有，你們看，我還寫了封信給你們，光是能收到這封信，就值得慶祝了。

還記得大學時，我每天都給你們分別打電話嗎？

有天我爸受不了了，就問我：「一個男孩子，怎麼每天都要打電話，也沒什麼話說，膩歪那麼多幹嘛？」

我就很嚴肅地告訴爸爸：「哎呀，萬一明天我死了，最起碼你還記得最後我跟你說的話是什麼，你也知道我愛你們嘛。」

沒人知道死亡與明天哪個先來，所以從二十歲開始，我就每天都在做這個準備。準備了二十年，終於也派上用場了。

四十歲就離開這個世界，聽起來似乎沒有賺到。但就我個人而言，我已經很滿意了，爸爸曾說人生在世最怕沒有活明白，沒有活盡興，活得不像自己。

而我覺得我活得挺明白的，也活得盡興，最重要的是我的生活都是自己的選擇，我也活得很開心。從爸爸的原則來看，我已經很大程度符合「沒有白活一次」的標準了。

這四十年，我經歷了很多困難，但沒有任何一個困難把我困在原地。無論多麼想放棄，多麼焦慮，我總能說服自己換不同的角度去解決問題，雖然結果在他人看來時好時壞，但在我看來，我沒有給自己徒添困擾，還能繼續往前走，就是最好的結果。

我遇見了很多對我有意義的人。我被人愛過，也愛過人，和愛的人牽過手，體會過人間最幸福的時刻。我被傷害過，也傷害過別人，分開時都許過一些沒能做到的承諾。我哭著對朋友說，這輩子再也不會相信愛了，內心荒蕪了好幾年，可偏偏還能再遇見一陣微風，從乾涸裡冒出春天。雖然我不相信愛，但我開始相信新的人了。就算我走了，我愛的人和愛我的人一樣，還都是你們的孩子。

十八歲離開你們，開始人生的遠行，走了比你們更遠的路，也看了比你們更高的天空，你們也應該為我感到開心。手機上的飛行軟體記錄我去了十一個國家，七十四座城市，飛行了八十三萬公里，一千四百五十個小時，在天空穿梭了五百五十次。

你們有段時間總暗示我，我哪個同學又生孩子了，他們的哪個孩子又升初中了。我總是笑著說，那個同學成績很差，畢業進入社會後，也沒有想著如何去看更多的世界，就生了小孩。雖然這樣也是一種有意義的人生，但那並不是我想要的人生。我希望自己能成為一個盡可能看到更多世界的人，如果有了孩子，我也能讓孩子看到更多的世界。

說到這兒，真是不好意思，沒給你們留下一個孫子或孫女，似乎有些遺憾。但我又想，如果真給你們留下了一個孩子，你們每天看著他，想起我，然後以淚洗面，似乎也不是什麼好事。你倆辛辛苦苦地把我養大，好不容易退休了，就好好地過好自己的晚年生活吧，不要再成為保姆了。

我的稿費、公司的股份、北京的房子，你們都可以折算成現金，應該夠你倆好好養老了。如果爸爸願意的話，甚至可以約上自己的那些好朋友一起養老，大家住一塊，熱熱鬧鬧的，應該也夠了。趁你們活著還健康，就趕緊花了吧，沒有什麼比花孩子掙的錢更快樂的事了。更何況，孩子還死了，哈哈哈。

花完，就在另一個世界見面吧，我還會掙錢等著你們的。

有些話還想單獨和媽媽說一下。

我性格裡可能更靠近爸爸，人生裡無論遇到任何事情都往好了想，所以我一點都不擔心他會想不開。

可是妳，又善良又總為別人考慮，一輩子圍著我和爸爸轉，如果我或爸爸離開，妳一定會很難過吧。

妳作為一位母親，真的很厲害了。

從小到大，我不知道聽周圍的朋友們說過多少次：「劉同，你的媽媽也太好了吧。」

每每提及妳，我都很自豪。

家裡我的抽屜裡有一本高中畢業冊，明明是我的紀念冊，但一大半的同學卻專門給妳寫了很多話。包括現在同學聚會，只要看到我，大家就必然提起妳。

一個考上上海的大學、現在在高鐵站工作的同學說，高二的時候他在醫院打針住了三天，妳帶著他到處看病，最後結帳的時候收費室只收了他一塊錢，其他的費用妳都幫他出了。

我也記得小時候妳帶我坐火車去江西的外公外婆家，晚上住在小旅館，門鎖很鬆，妳害怕有人闖進來，就讓我一個人睡床上，然後開著燈，自己坐在地上靠著門睡了一夜。

高考時，爸爸不讓我報考中文系，妳看著我，告訴我：「如果你喜歡，那我們就改志願，不管他了。」

二十八歲的那天晚上，妳應該記得吧。那大概是我人生最差勁的時刻，工作不順，感情不順，和你們的溝通也出了巨大的問題，我覺得自己的人生大概率會垮在二十八歲那年。

妳大概察覺到了我的不對勁，晚上一直坐在客廳等我。

我凌晨三點回到家，妳還沒睡，想和我聊一聊。

那晚，我一股腦兒地把自己人生所有的不堪和痛苦都說了出來。

那是妳完全不認識的我，但那個我便是真實的我。

我說啊說啊，中間也哭了幾鼻子，大概是覺得自己十八歲離開家之後的十年，一切都是自己的選擇，不應該跟你們抱怨任何事情。可那天晚上，妳一直在等我，讓我意識到「我有父母，我就應該告訴他們一切，他們如果不接受真實的我，不僅是我的遺憾，也是他們的遺憾」。

妳聽完，沒有激動，沒有生氣，也沒有難過，妳只是反覆在確認：「我能幫你什麼嗎？我需要怎麼做？」

我說：「我只希望我最親的妳和我爸能完全站在我這邊理解我就行。」

妳說沒問題，妳去搞定我老爸。

那時，我覺得能成為妳的兒子真是幸運。

雖然妳看起來柔柔弱弱的，說話也很溫柔，可是到了我人生的關鍵時刻，妳總是會為我出頭，保護我。

爸爸退休後返聘去醫院坐門診，妳為了他出行方便，在六十五歲時考了駕照。

白天在家沒事，妳就開始學古箏，和同學們參加市裡的比賽，也拿到了第一名。

我說妳白髮越來越多，染髮對身體不好，最好戴假髮。妳二話不說，立刻就去買了兩頂。

我說妳退休了也有時間，可以學著化一點淡妝，讓自己漂亮起來。然後妳就立刻去紋了眉，塗起了口紅。

以前每次說到我更像誰的時候，大家都說我的性格像爸爸，我也覺得我像爸爸更多一點，妳就有些難過。但現在說著說著，我怎麼覺得自己更像妳的性格呢？任何事情，只要覺得開心，二話不說就去做了，根本不在意別人怎麼看。

為什麼我到現在才意識到呢？

好了，接下來我想對爸爸也說些心裡話了。

三十歲之後，我突然發現了和爸爸溝通的密碼，別把他當爸爸，把他當兄弟，他就開心。

爸爸以前問我：「你在文章裡寫你媽媽，你怎麼不寫寫我？」

我說我對你又不了解，我們連吵架都是冷戰，有什麼可寫的嘛！

今年，我終於寫了一篇關於爸爸的文章。

爸爸幫我找劇本裡關於醫學病症的bug（漏洞）。

爸爸帶著演員上山認所有的草藥。

爸爸成為每次聚會最會搞氣氛的那個人。

我能成為爸爸的兒子也真的很走運啊。

寫到這裡，我真的很想寫下輩子還想當你們的兒子，可我走得比你倆早……那我就當你們的爹好了（真不是罵人的話……而是真的希望我們下輩子還能成為一家人，生生世世的一家人，當你們的狗啊貓啊都行）。

要說還有什麼遺憾，似乎也想不到了。想要感謝的人很多，就不一一提及了，主要是害怕漏了誰，也沒機會彌補。反正心裡有我的朋友，我會進他們夢裡的。

別的好像真的沒什麼要說的了。

爸，媽，那就這樣了。

我會想念你們的。

你們要好好的。

爸媽：

昨天寫完那封信，突然想起還有幾件事。

我養的兩條狗，同喜和二白。

同喜十二歲了，也算是高齡了；二白五歲，還活潑得很。

我把牠倆託付給了朋友，你倆如果沒事，可以去看看。

同喜像長大的我，固執、折騰，也貼心。

二白像小時候的我，膽小忍讓，喜歡裝乖。

你們去看牠倆的時候，可以買兩個小玩具。

同喜喜歡紅色的娃娃，二白喜歡黃色的娃娃。

另外一件事，是我和你倆商量好的。

我的骨灰一些埋在家裡院子的樹下，讓我陪著你們。

還有一些放在家裡，讓我看著你們。

還有三兩好友，你們都認識，如果他們來看你們或看我的時候，想留一些關於我的回憶，就讓他們挑一些我留下的東西帶回去吧。

兒子：劉同

二〇二一年二月二十六日

我的微博密碼寫在了給媽媽的那個信封裡，你們可以登錄我的微博，也許會有一些讀者寫一些話給我，你們可以幫我回覆，謝謝他們，他們會知道這是我的父母。別的真沒了。

兒子：劉同

二〇二一年二月二十七日

我對遺書最初的理解來源於電視劇。

小時候的我一直覺得只有有錢人死之前才需要遺書，內容無非是名下的財產應該如何分配。電視劇裡，律師不動聲色地念著老爺的遺書，兒女們以小家為單位簇擁在一起哭泣。我邊看邊想，如果有人死了之後給我留個一百萬，我應該會當場笑出聲來吧。

十幾二十歲，又對遺書有了新的疑惑——多數死亡的原因都源於意外，連他們自己都不知道自己的死期，又怎能先寫下遺書呢？就算寫好了遺書，在他死的那一刻，真的沒有別的遺漏的內容了嗎？

果然在嘗試寫這些的時候，總是會有忘記的內容。

後來寫完這封「遺書」後，我一直沒敢看。

過了大半年我重新讀起，依然能想到那天寫信時的心情。我寫的時候尚如此，如果媽媽看到這封信，肯定又會大罵我，活得好好的，為什麼要寫這種鬼東西，真是不吉利。

然後她肯定又會想好幾天，然後發訊息問我：「同同，你不會得了什麼病吧？用這樣的方式慢慢讓我和你爸接受？你千萬不要嚇我！！！」

我太了解我媽了。

所以我不敢給她看，我也不敢跟她提，但萬一她在我的書裡看到了，她到底是會難過，還是會感動呢？我不清楚，但寫完這些後，我很慶幸給了自己一個機會寫下這些。

如果我真的突然離開，這就是我想告訴這個世界的話。

如果我還健康地活著，這也是我心裡想告訴這個世界的話。

我四十歲之前，真的活得挺開心的。除了自己很認真地對待生活，最重要的是有理解我的爸爸媽媽，能讓我健健康康地生活著，過著自己想要的人生。

所以接下來的下半生，這一點絕不能變啊。

最後一句還是寫給我媽：「媽，我真的很好！好得不得了！接下來我的後半生會比現在還要好！」

全書完

國家圖書館出版品預行編目資料

想為你的深夜放一束煙火/劉同著. -- 初版. -- 臺北市：皇冠文化出版有限公司, 2023.05
面; 公分. --(皇冠叢書; 第5088種)(有時; 22)

ISBN 978-957-33-4023-2 (平裝)

863.55 112005317

皇冠叢書第5088種

有時 22

想爲你的深夜放一束煙火

《想為你的深夜放一束煙火》：文化部部版臺陸字第112023號；許可期間自112年3月1日起至116年9月29日止。

作　　者—劉　同
發 行 人—平　雲
出版發行—皇冠文化出版有限公司
台北市敦化北路120巷50號
電話◎02-27168888
郵撥帳號◎15261516號
皇冠出版社（香港）有限公司
香港銅鑼灣道180號百樂商業中心
19字樓1903室
電話◎2529-1778　傳真◎2527-0904
總 編 輯—許婷婷
責任編輯—陳思宇
美術設計—嚴昱琳
行銷企劃—許瑄文、鄭雅方
著作完成日期—2022年6月
初版一刷日期—2023年5月

法律顧問—王惠光律師

讀者服務傳真專線◎02-27150507
電腦編號◎569022
ISBN◎978-957-33-4023-2
Printed in Taiwan
本書定價◎新台幣340元/港幣113元